AF204433

Susanna Herrmann

Mütterstreik

Und Tschüss!

© 2018 Susanna Herrmann

Umschlag, Illustration: Gabi Schnoobs
Lektorat, Korrektorat: Anja-Nadine Mayer
Verlag: tredition GmbH, Hamburg

ISBN
Paperback   978-3-7439-7178-3
Hardcover   978-3-7439-7179-0
e-Book   978-3-7439-7180-6
Printed in Germany

Bibliografische Information der Deutschen Nationalbibliothek: Die Deutsche Nationalbibliothek
verzeichnet diese Publikation in der Deutschen Na-
tionalbibliografie; detaillierte bibliografische Daten
sind im Internet über http://dnb.d-nb.de abruf-
bar.

Haben Sie sich auch schon mal gewünscht einfach alles stehen und liegen zu lassen und abzuhauen? Einfach die Sachen packen und raus, nur weg? Weg vom Ehealltag, weg von den anstrengenden Kindern und weg von nervigen Arbeitskollegen? Ja? Willkommen im Club!

1. Kapitel

Francis

Es gibt Tage, da fragt man sich: Ist es das, was ich will? Ist das mein Leben? Auch Francis stellte sich in letzter Zeit öfter diese Fragen. Heute war wieder einer dieser Tage.

Sie war unglaublich spät dran. Im Verlag war die Hölle los gewesen. Kein Wunder, es war Wahljahr. Fast im Minutentakt kamen neue Meldungen über Skandale, Fehltritte und Dementis von der politischen Bühne rein. Seit fast drei Jahren arbeitete sie im Verlag ihres Mannes wieder voll mit und hatte kaum noch Zeit für ihre eigentliche Bestimmung, Bücher zu schreiben. Anfangs fand sie es auch wirklich schön, einmal wöchentlich eine Kolumne für ihre Leserinnenfangemeinschaft zu schreiben, aber mittlerweile schrieb sie täglich – und kaum hatte sie ein paar Zeilen fertig, kam eine neue Meldung und sie musste alles wieder neu schreiben.

Politiker, ich mag sie einfach nicht. Kaum sagen sie A, meinen aber B und am Ende war es doch C. Furchtbar. Da soll einer noch durchblicken.

Schlecht gelaunt raste Francis in ihrer neongrünen A-Klasse die Straße entlang. Ihr Sohn Harry hatte bereits seit fünfzehn Minuten Trainingsende. Seit einem halben Jahr spielte er nun schon Basketball und fühlte sich wie Dirk Nowitzki. Sie sah bereits die Ampel auf gelb umspringen. *Bitte, bitte warte noch mit Rot*, betete sie gen Himmel. Aber nein, die rote Ampel zwang Francis zu einer halben Vollbremsung. Der Fahrer hinter ihr zeigte ihr einen Vogel. Das verbesserte nicht gerade ihre Laune. Kaum sprang die Ampel wieder auf Gelb, gab Francis Gas und ließ den Idioten im Rückspiegel verschwinden. *Tja, Frau am Steuer, das gibt Feuer!* Für einen Hauch einer Sekunde war sie zufrieden. Aber dann ...

„Guten Tag. Die Autopapiere bitte! Wissen Sie, warum Sie angehalten wurden?"

Natürlich! Sie war zwar eine Frau, aber nicht doof. Polizei, dein Freund und Helfer – von wegen. Jetzt würde sie aber wirklich viel zu spät kommen. Harry sitzt sicher schon einsam und verlassen auf dem Bordstein und wartet vergebens auf seine Mutter, dachte sie.

Zweihundertfünfzig Euro und einen Punkt später – jetzt dachte sie nur noch: *Frau am*

Steuer, das wird teuer! – bog sie in die Einbahnstraße vor der Turnhalle. Kein Harry weit und breit zu sehen. Toll. Die Turnhalle war bereits fest verschlossen. Jetzt bereute sie es, ihm noch kein Handy gekauft zu haben. Es war ein leidiges Thema. Alle in der Schule hätten ein Handy, nur er nicht. Überhaupt sei sie ja so gemein und gönne ihm aber auch gar nichts. Auch ihre zehnjährige Tochter Jane griff immer öfter das Thema auf. Darin waren sich die Geschwister einig, sie brauchten unbedingt ein Handy. Aber sie hatte in dem Alter auch noch kein Handy besessen. Harry war erst zwölf, Francis hatte sich ihr erstes Handy mit zwanzig selbst gekauft. Gut, es war auch eine andere Zeit, aber wenn er ein Handy hätte, würde sie ihn doch überhaupt nicht mehr unter Kontrolle haben. Wer weiß, was sich Kinder in diesem Alter alles hin und her simsten. Trotzdem würde sie nun wohl ihre Antihandyeinstellung überdenken müssen.

Auch auf dem Heimweg wurde ihre Laune nicht besser. Sie bog in die Einfahrt ein und sah schon, Sohnemann war zu Hause. Die Sporttasche auf dem Boden vor der Haustür fallengelassen, war er sicher bei Leo nebenan Fußball spielen. Konnte dieses Kind nicht wenigstens erst mal seine Sachen reinstellen?

Bepackt wie ein Esel öffnete sie die Tür und versuchte den Hausflur zu betreten. Es blieb beim Versuch. Auch ihre Tochter Jane war zu Hause. Es bot sich Francis ein Blick des alltäglichen Chaos. Schuhe, Jacken, Taschen, Beutel, alles lag achtlos auf dem Boden herum und erschwerte das Betreten des Hauses, ohne sich den Fuß zu brechen.

„Jaaannnne!!!"

Verdammt, jeden Tag das Gleiche. Verlangte sie denn wirklich zu viel? Sie hatten doch einen Schuhschrank, einen Garderobenschrank und sogar Kleiderhaken. Warum wurden diese tollen Einrichtungsgegenstände nicht benutzt? Noch immer stand sie im Hausflur, bepackt mit Einkaufstüten, Sporttasche und ihrer Handtasche, den Autoschlüssel zwischen die Zähne geklemmt. Man sollte glauben, das Kind würde reagieren, wenn man es rief, aber nein, Fehlanzeige.

Wütend ließ sie die Tüten fallen, schmiss den Schlüssel in die Schale auf der Kommode und bahnte sich den Weg durch den Flur. Francis rannte förmlich die Treppe hinauf und riss die Tür zum Zimmer ihrer Tochter auf. Friedlich lag diese auf ihrem Bett, mit Kopfhörern auf den Ohren, und las irgendeine Mädchenzeitschrift.

„Jane, ich hatte dich gerufen!", fauchte Francis sie an.

Jane blickte ihre Mutter kurz mit ihren rehbraunen Augen an und nahm die Kopfhörer ab. „Was ist?"

„Ich hatte dich gerufen, geh runter und beseitige das Chaos im Flur. Wie oft habe ich dir schon gesagt, du möchtest deine Sachen wegräumen. Das kann doch nicht so schwer sein, seine Jacke an den Haken zu hängen!"

Sie zog die Kopfhörer wieder über die Ohren und brummte: „Mach ich dann."

War das zu fassen? Francis war kurz vorm Überlaufen. „Nicht dann, sofort!" Jetzt hatte sie doch geschrien, dabei hatte sich Francis erst gestern vorgenommen ruhiger zu werden.

Sie drehte sich auf dem Absatz um und ging wieder hinunter, um den Einkauf wegzuräumen. Auch ihre Tüten standen noch immer im Hausflur. Der Anrufbeantworter blickte: „Hey Schatz, ich bin's, die Pressekonferenz hat doch länger gedauert, komme etwas später, fangt schon mal an zu essen."

Na toll. Das war schon der dritte Abend in dieser Woche, an dem Marc „später" kam, und es war erst Mittwoch.

„Sag mal, Ma, warum hast du mich denn nicht vom Training abgeholt? Ich hab die ganze Zeit auf dich gewartet." Harry kam in die Küche geschlurft.

Sie konnte nicht reagieren. Ihr Blick fiel auf die total verdreckten Turnschuhe und die Spur, die er bereits quer durch die Küche gezogen hatte. Ihr Puls war mittlerweile auf hundertachtzig. „Ich war in einer allgemeinen Verkehrskontrolle. Kann ja mal passieren. Aber wie ich sehe, bist du ja zu Hause angekommen. Deine Schuhe, Harry!"

Sich keiner Schuld bewusst, lief er zum Kühlschrank und holte sich eine Milch raus. „Na glücklicherweise hab ich den Bus noch gekriegt, sonst würde ich immer noch vor der Turnhalle blöd rumsitzen."

Jetzt baute sich Francis vor ihm auf. „Harry, deine Schuhe!"

„Schon gut, reg dich ab."

Dann verließ er die Küche. Die Milch hatte er offen auf dem Tisch stehen lassen. *Hinsetzen, durchatmen, bis zehn zählen ...*

Sie blickte auf das große Familienfoto im Flur. Jane mit ihren langen dunklen Haaren, ihren rehbraunen Augen und den schmalen Gesichtszügen – man sah, dass sie ihre Tochter war. Harry mit seinen kurzen dunklen Locken und blauen Augen sah aus wie sein Vater. Und Marc, der sie im Arm hielt. Das Foto hatte sie sich letztes Jahr zu Weihnachten gewünscht. Sie hatte es tatsächlich geschafft, einen gemeinsamen Termin beim Fotografen zu finden. Eine glückliche Familie. Aber waren sie das wirklich? Gerade fühlte sich das nicht so an. Francis saß in ihrer Küche und fühlte sich allein und völlig überfordert. Dieses Gefühl begleitete sie nun schon seit Wochen.

Es war schon spät, als sie endlich auf ihrer Couch Ruhe fand. Sie hatte sich ein Glas Rotwein eingeschenkt und das Buch, das sie seit Wochen versuchte zu lesen, zur Hand genommen. Es war bereits Oktober, die Tage wurden kürzer und die Nächte waren kühl. Bald würde der Frost kommen und der Matsch, der Schnee, die Dunkelheit. Francis war ein Kind des Sommers. Den grauen Herbst und den dunklen Winter mochte sie nicht. Obwohl, auf die Vorweihnachtszeit freute sie sich ein bisschen. In diesem Jahr hatte sie sich fest vorgenommen nicht so viel zu arbeiten, mit ihren beiden besten Freundinnen Meike und Susi Glühwein trinken zu gehen und vielleicht noch einen Wellnesstag einzuschieben. Auch die beiden mussten zu Hause dringend mal raus. Meike hatte zwar nur noch ihren Jüngsten zu Hause, die beiden Großen gingen bereits ihre eigenen Wege, aber seit einem halben Jahr hatte sich ihre

Schwiegermutter bei Meike eingenistet. Angeblich nur vorübergehend, bis das Haus verkauft war und Ralf eine nette Wohnung im betreuten Wohnen gefunden hatte. Seit der Schwiegervater im vergangenen Jahr gestorben war, suchte die taffe Rentnerin nun Unterhaltung beim Rest der Familie. Als Francis ihre Freundin Meike letzte Woche gesehen hatte, sah sie schlecht aus. Sie hatte dunkle Augenringe und war zudem schlecht gelaunt. Francis machte sich Sorgen um ihre Freundin.

Tja, und Susi ... Sie war eigentlich glücklich. Sie hatte ihren Traummann in Peter gefunden und eine wundervolle kleine, mittlerweile sechsjährige Tochter. Rosalie war kein einfaches Kind, aber Francis fand, dass Susi das als Mutter ganz gut machte. Trotzdem hatte sie das Gefühl, unterschwellig nagte irgendetwas an ihrer Freundin. Vielleicht trauerte Susi doch ihrem unbeschwerten Singleleben nach.

Francis hatte es tatsächlich geschafft, ein Kapitel des Buches vollständig zu lesen, ohne dabei einzuschlafen. Sie hörte, wie der Schlüssel in die Haustür gesteckt wurde. Ein Blick auf die Uhr verriet ihr, dass es wieder fast Mitternacht war. Betont leise betrat Marc den Hausflur. Er gab sich Mühe, trotzdem hörte Francis, wie er den Schlüssel neben die

Schale auf die Kommode legte, wie er seine Jacke ebenfalls auf die Kommode warf und seinen Aktenkoffer mitten im Flur abstellte. Sie wusste, dass er seine Schuhe einfach dort stehen ließ, wo er sie ausgezogen hatte, und dass er auch nicht mehr seine Jacke an den Haken hängen würde. Er schlich leise durch das Wohnzimmer in Richtung Küche. Sie stellte ihr Rotweinglas hörbar auf dem Glastisch ab.

Erschrocken sah Marc sie an: „Oh Liebling, du bist noch wach?"

Er kam zu ihr rüber und gab ihr einen Kuss auf die Stirn. „Ist noch etwas zu essen da?"

Kein Hallo. Kein: Wie war dein Tag? Kein Gespräch.

„Es steht noch alles da, du kannst dir den Rest warm machen."

Er lächelte kurz und verschwand in der Küche. Sie hörte, wie die Tür der Mikrowelle auf-, zu- und wieder aufging. Sie hörte, wie die Kühlschranktür auf- und wieder zuging. Sie hörte, wie das Geschirr klapperte und er den Stuhl vom Tisch wegschob.

„Ich geh schon hoch ins Bett, bin müde. Kommst du?" Dann war er auch schon verschwunden.

Francis stöhnte beim Anblick der Küche. Sie schloss die Mikrowelle, räumte das Geschirr in die Spülmaschine, rückte den Stuhl wieder an den Tisch und wischte abschließend den Tisch noch mal ab. Sie atmete einmal tief durch und folgte ihrem Mann ins Schlafzimmer. Er lag bereits im Bett und atmete schwer. Marc war eingeschlafen. Sie ging noch einmal kurz ins Bad, um ihre Zähne zu putzen. Er hatte es nicht einmal geschafft, seine Sachen in den Wäschekorb zu legen. Immerhin, sie lagen im Bad verstreut und nicht vor dem Bett. Sie war zu müde, um sich aufzuregen. Und trotzdem schwirrten ihr die Gedanken durch den Kopf.

Erst gestern hatte sie sich mit Jane furchtbar gestritten. Eigentlich ging es immer um das Gleiche. Francis wünschte sich doch nur, dass alle ein bisschen mithalfen im Haushalt. Aber ihre Tochter war ja sogar zu faul, die frisch gewaschenen und zusammengelegten Sachen in ihren Schrank zu räumen. Sie lagen eben auf dem mit Zeitschriften und sonstigem Teeniezeugs übersäten Fußboden herum. Und als Francis eine angeschimmelte Scheibe Brot im Fensterbrett entdeckte, war sie völlig ausgerastet. Aber das hatte ihre Tochter nicht wirklich gestört. Sie schrie zurück, sie solle sie gefälligst in Ruhe lassen, es sei ja schließlich ihr Zimmer, und dann hatte sie einfach ihrer Mutter die Tür vor der Nase zugeknallt. Francis hatte gar nicht so schnell Luft holen können.

Was machte sie als Mutter nur falsch? Diese Frage stellte sie sich mittlerweile täglich. Und was sagte Marc dazu? „Sie ist eben in der Pubertät. Das geht vorbei." Und dann war er mit dem Thema durch.

Francis war todmüde und wälzte sich hin und her. Ihr letzter Gedanke, bevor sie in einen unruhigen Schlaf fiel, war: *So geht das nicht weiter. Ich kann nicht mehr!*

Meike

Meike schob nun schon seit einer Stunde den halb gefüllten Einkaufswagen vor sich her. Sie hatte sich vorgenommen heute Marcus' Lieblingsessen zu kochen. Ihr Ältester studierte bereits seit zwei Jahren Jura und kehrte heute von seinem Auslandssemester in Frankreich zurück. Ihre Einkaufsliste hatte sie bereits abgearbeitet und nun lief sie einfach noch ein wenig umher. Sie merkte nicht, dass sie an den Cornflakes bereits das dritte Mal vorbeigelaufen war. Ihre Gedanken kreisten um die letzten Wochen.

Was war passiert? Ihr Schwiegervater Helmut war im vergangenen Sommer plötzlich verstorben. Ihre Schwiegereltern hatten ein kleines Häuschen im Schwarzwald und ein bisschen Grundstück drumherum. Helmut war ein sehr ruhiger, friedlicher Zeitgenosse, anders seine Frau Helga. Sie hatte, wie man so schön sagt, Haare auf den Zähnen. Das war nicht weiter schlimm, solange Meike sie nur einmal im Jahr besuchen musste. Ein paar Tage im Jahr konnte sie damit leben, herumkommandiert zu werden und in den Augen ihrer Schwiegermutter eh alles falsch zu machen. Doch dann war Helmut plötzlich nicht mehr da. Helga konnte das Haus und das Grundstück nicht allein unterhalten und pflegen. Sie war mittlerweile eine alte Dame Ende siebzig und weigerte sich allein in dem großen Haus zu bleiben. Ralf war ihr einziger Sohn.

„Nur für ein paar Wochen, bis wir ein betreutes Wohnen in unserer Nähe gefunden haben", hatte Ralf gesagt. Er würde schon schnell was finden. Als Immobilienmakler verfüge er doch über die besten Kontakte.

Meike hatte von Anfang an ein ungutes Gefühl gehabt. Aber sie hatte sich Mut zugeredet. Nur ein paar Wochen, das würde sie schon überstehen. Aus den paar Wochen waren mittlerweile sechs Monate geworden und sie hatte nicht das Gefühl, dass sich Ralf ernsthaft bemühte seine Mutter woanders unterzubringen. Im Gegenteil, er schien die Anwesenheit seiner Mutter zu genießen. Helga hatte den Haushalt und vor allem die Küche fest unter ihre Fittiche genommen. Von wegen altersschwach! Sie kochte jeden Abend die Lieblingsgerichte ihres „kleinen Jungen" und der Kinder. Von Meikes gesunder Ernährung war nichts mehr übrig geblieben. Dafür hatte Ralf mittlerweile fünf Kilo zugenommen. Für Meike blieb nur die freudvolle Aufgabe, das Chaos, das Helga täglich in der Küche veranstaltete, zu beseitigen.

Wenn es nur beim Kochen geblieben wäre, hätte Meike ja vielleicht noch damit leben können – aber nein! Helga machte ihre Betten, vergriff sich an ihrer Wäsche und hatte auch das „unordentliche" Wohnzimmer nach ihrem Geschmack umgeräumt. Meike fühlte sich nur noch als Gast in ihrem eigenen Haus und niemanden außer ihr selbst schien das zu stören.

„Kann ich Ihnen helfen, junge Frau?" Ein Angestellter des Supermarktes stellte sich ihr in den Weg. Erschrocken sah sie den jungen Mann an.

„Nein, danke", stammelte sie etwas verlegen. Es hatte keinen Sinn, irgendwann musste sie ja wieder nach Hause. Schweren Herzens verließ sie den Supermarkt, um nach Hause in die Höhle des Löwen zurückzukehren. Schließlich würde heute Marcus nach Hause kommen und sie wollte für ihn Königsberger Klopse machen. Marcus war nun ganze neun Monate weg gewesen und sie freute sich sehr, ihn wieder an ihre mütterliche Brust zu drücken.

Sie konnte sich natürlich eine Arbeit suchen, aber wer würde eine Frau Anfang vierzig, die zwar studiert hatte und als Jahrgangsbeste sogar ihr Studium verkürzt hatte, aber keinerlei berufliche Erfahrung vorweisen konnte, nehmen? Noch im Abschlussjahr ihres Studiums hatte sie Ralf kennengelernt und war eine Woche vor der Diplomverleihung schwanger geworden. Sie war zwar Diplombiologin, aber ohne jemals als solche tätig gewesen zu sein. Nach Marcus kam Alexander und danach wurde sie mit Björn schwanger. Sie blieb zu Hause, kümmerte sich um die Kinder und hielt Ralf den Rücken frei. Es machte ihr auch nichts aus. Sie engagierte sich in sämtlichen Fördervereinen, egal ob Kita, Sport oder Schule, und managte das gesamte Familienleben. Eigentlich hatte sie immer zu tun. Bei drei Kindern wurde es nicht langweilig. Aber seit Helga eingezogen war, wünschte sie sich, morgens das Haus verlassen zu können und erst spät abends zurückzukehren. Sie beneidete ihren Mann um seine Arbeit und die Kinder um ihre Schule.

„Na, da bist du ja endlich!" Helga stand bereits ungeduldig an der Tür. Es roch nach Essen.

Meikes Miene verfinsterte sich schlagartig. Sie hatte doch heute Morgen beim Frühstück laut und deutlich gesagt, dass sie heute kochen würde! Aber wann hatte Helga ihr je zugehört? Es roch nach Kraut. Meike drehte sich der Magen um. Sie hasste den Geruch von angebratenem Kraut.

„Ich habe Kohlrouladen gemacht, die mag doch Marcus so gern", verkündete ihre Schwiegermutter stolz.

„Seit wann denn das?", murmelte Meike vor sich hin. Sie trug die Einkaufstüten in die Küche und begann wortlos den Einkauf wegzuräumen.

„Kannst du nicht mal den Müll rausbringen, ich hab schließlich schon gekocht, ich kann ja hier nicht alles allein machen!"

Helga hatte einen Befehlston drauf, dem Meike kaum etwas entgegenzusetzen hatte. Wenn doch nur ihr Mann mal hören würde, wie Helga mit ihr umsprang. Aber immer wenn sie das Thema ansprach, reagierte Ralf zurückweisend. „Sie hat doch niemanden außer uns. Wir sind ihre Familie, wir müssen füreinander da sein." *Ja toll, das ist ja alles schön und gut, aber kann das nicht in getrennten Wohnungen sein?* Von ihr aus konnte ja Helga jeden Sonntag zum Mittagessen vorbeikommen, aber hatte sie denn gleich hier einziehen müssen? Und heute wollte sie kochen! Sie hatte es sich fest vorgenommen. Also suchte sich Meike ein noch nicht vereinnahmtes Plätzchen in der Küche und begann ihr Essen zuzubereiten. Sie überhörte einfach die Kommentare und Anweisungen ihrer Schwiegermutter. Und als sie endlich Ralfs Auto vorfahren hörte, verbesserte sich ihre Laune. Endlich kehrte ihr „Baby" nach Hause zurück. Sie hatte das dringende Bedürfnis, ihr Kind in die Arme zu schließen.

Allerdings war Helga schneller. Sie ließ alles stehen und liegen und rannte mit den Worten: „Meike, deck doch schon mal den Tisch, das Kind ist da!" Marcus entgegen. *Mein Kind!*, dachte Meike wütend. Sie nahm sich fest vor, noch heute Abend mit Ralf zu sprechen. So konnte das einfach nicht mehr weitergehen! Diese Frau vereinnahmte ihre ganze Familie!

Das Abendessen verlief dann eher ruhig. Bis auf eine Ausnahme: Helga! Sie erzählte und erzählte und erzählte. Marcus hatte keine Chance, irgendetwas über seinen Aufenthalt in Frankreich zu erzählen. Aber er aß die Königsberger Klopse zu Meikes Freude mit viel Genuss. Für Alexander und Björn hatte Oma natürlich extra Eierkuchen gebacken. Ordentlich Nutella drauf und Oma war die Beste.

Als Meike sich allein in der Küche dem Abwasch widmete, kam ihr Großer zu ihr und half ihr ein bisschen. „Ist nicht leicht mit Oma, was?"

Sie nickte stumm. Er sah, dass es seiner Mutter nicht gut ging und schien sie zu verstehen. Aber auch er würde am Montag in seine Studentenwohnung zurückkehren und sie wieder allein lassen.

Ralf hatte sich mit vorgeschobener Müdigkeit bereits verabschiedet. Er wollte nicht mit ihr über Helga reden. Sie war seine Mutter, seine liebe Mama. Jedes Mal, wenn Meike einen Versuch unternahm, mit ihm darüber zu reden, hatte er Ausflüchte und Ausreden. Er würde sie nie wegschicken, das wurde Meike immer bewusster. Und sie war nicht die Frau, die auf den Tisch haute und ihr Leben zurückfordern würde. Sie wurde so erzogen, sich unterzuordnen. Das war schon immer so gewesen. Sie war die Ruhige, die Vernünftige. Und ihr Mann sah nicht, dass sie daran zu zerbrechen drohte. Selbst ihr zwischenzeitlich wieder gutes Sexleben war seit dem Einzug von Helga gänzlich eingeschlafen. Kein Wunder. Helga stand ja auch schon mal mitten in der Nacht in ihrem Schlafzimmer und meckerte laut los, die Lampe im Badezimmer würde flackern. Und natürlich stand Ralf sofort auf, um das Problem zu beheben. Dass Meike danach nicht mehr einschlafen konnte, interessierte niemanden.

Sie hatte es so satt! Das erste Mal in ihrem Leben formte sich der eine Gedanke, der sich seit langem in ihrem Unterbewusstsein nährte: *Ich kann, nein, ich will nicht mehr!*

Susi

„Nein, ich will aber nicht!"

Susi kochte. Dieses Kind brachte sie an den Rand ihrer Kräfte. Wie konnte ein sechsjähriges Kind nur so einen Sturkopf haben! Susi war mit ihrer Tochter einkaufen. Sie hatte so einen Wachstumsschub bekommen, dass keine Hose mehr passte. Aber jetzt wollte ihre Tochter einfach keine Hosen anprobieren. Sie weigerte sich, das zu tun, was ihre Mutter wollte.

„Dann gehst du eben in Unterwäsche in die Kita", schnaubte Susi ihre Tochter an und verließ mit der schreienden Rosalie den Laden.

„Tante Anna ist viel lieber als du", plärrte das Kind lautstark.

Ja, das hörte sie ständig. Rosalie wurde von der lesbischen Schwester ihres Lebensgefährten verhätschelt und verwöhnt. Susi mochte Anna wirklich, aber es ging ihr in letzter Zeit immer mehr auf die Nerven, dass das Kind von ihr das bekam, was sie eigentlich nicht bekommen sollte. Wollte Rosalie vor dem Abendessen Süßigkeiten naschen, zwinkerte die Kleine ihre Tante einmal mit ihren großen braunen Augen an und sie bekam von ihr einen Lolli. Susi schickte Rosalie ins Bett, Tante Anna holte sie wieder raus, sobald sie nach ihr rief. Rosalie wollte fernsehen, Anna machte die Kiste an. Anna untergrub ihre mütterliche Autorität völlig und Peter schien das überhaupt nicht zu stören. Im Gegenteil, er machte mit. Sagte sie nein, sagte er ja. Es war zum Verrücktwerden! Peter und sie stritten ständig deswegen. Rosalie sei doch Annas

Ein und Alles. Sie könne doch keine Kinder bekommen, Susi müsse doch Verständnis haben. Schließlich seien seine Eltern beide tot und könnten das Kind ja nicht verwöhnen.

Das war ja alles gut und schön, aber es war ihr Kind und sie wollte, dass das Kind Regeln lernte und nicht alles bekam, was es wollte. Immer wieder ertappte sie sich bei dem Gedanken: *Vielleicht bin ich einfach nicht für das Familienleben gemacht …*

Rosalie hörte auch zu Hause nicht auf zu schreien. Peter würde erst spät nach Hause kommen, wenn sie das nervige Kind ins Bett brachte. Pünktlich zum Gutenachtkuss war der liebe Papa wieder zu Hause. Dann las er ihr eine Geschichte vor und war der Held des Tages. Von dem ganzen Stress bekam er nichts mit. Und wenn Susi ihm die Ereignisse des Tages schilderte, tat er es mit einem Lächeln ab. Sie hatte es so satt!

Der Anrufbeantworter blinkte. „Hey, ich bin's, Anna, ich wollte fragen, ob ich morgen die Kleine abholen kann. Ich will mit ihr in den Tierpark gehen." *Nein*, dachte Susi wütend. Rosalie würde nicht auch noch für ihr störrisches Verhalten belohnt werden!

Seit ihre Frau Maria beruflich viel im Ausland war, klammerte Anna noch mehr an dem Kind. An ihrem Kind!

Rosalie war ein hübsches Kind. Ihre braunen Locken umspielten ihr kindliches Gesicht. Mit ihren braunen Augen und den langen Wimpern hatte sie leichtes Spiel, die Erwachsenen um den kleinen Finger zu wickeln. Sie war wirklich bezaubernd – und ein Sturkopf. Sie wusste genau was sie wollte und wie sie es bekam. Nur bei ihrer Mutter funktionierte das nicht und das äußerte sich dann in ausgewachsenen Wutanfällen. Natürlich nur, wenn sie mit ihrer Mutter allein war. Susi fühlte sich hilflos und überfordert.

Nur Francis konnte sie verstehen. Sie solle sich wieder etwas mehr Zeit für sich nehmen, hatte ihre Freundin ihr geraten. Und so hatte Susi wieder angefangen zu joggen. Es tat ihr gut. Diese tägliche halbe Stunde ließ sie alles vergessen und ein bisschen Abstand gewinnen. Aber es war nur eine halbe Stunde. Das Sexleben zwischen Peter und ihr war auch nicht mehr so feurig wie am Anfang ihrer Beziehung. Sie hatte einfach keine Lust auf Sex, wenn sie sich vorher wieder gestritten hatten. Das heißt so richtig streiten taten sie nicht: Susi schimpfte und Peter schien sich darüber zu amüsieren. Und das machte sie nur noch wütender.

Heute war es wieder besonders schlimm. Sie hatte sich extra einen Tag freigenommen, um mit Rosalie shoppen zu gehen. Und nun war sie mit dem bockigen Kind ohne etwas eingekauft zu haben zu Hause. Ihr Kopf drückte und ihre Augen verlangten nach Schlaf.

„Ich hab Hunger, ich will jetzt Nudeln." Rosalie stand mit verschränkten Armen vor ihr. *Einmal bis zehn zählen, einatmen, ausatmen.*

„Geh in dein Zimmer und bock dich aus. Essen gibt es erst in einer Stunde."

Immer noch wütend trampelte Rosalie in ihr Zimmer. Das Telefon klingelte.

„Na, wie geht es meinen beiden Prinzessinnen heute? Hattet ihr einen schönen Tag?" Peters gute Laune strahlte förmlich durchs Telefon.

„Nein, hatten wir nicht. Deine Tochter weigert sich mit mir einkaufen zu gehen und auch nur irgendein Teil anzuprobieren." Susi musste sich nicht anstrengen, um verärgert zu klingen.

„Ach, das macht doch nichts. Anna hat angerufen. Sie möchte mit Rosalie morgen in den Tierpark, bestimmt geht sie mit ihr auch noch mal los, um Sachen zu kaufen."

Typisch! Es stand alles schon fest. Warum hatte Anna gleich noch mal auf den AB gequatscht? „Peter, ich bin aber ihre Mutter!"

Er lachte. „Und das wirst du auch immer sein. Bis später. Gib ihr einen Kuss von mir." Dann legte er auf.

Auf gar keinen Fall, dachte Susi. Sie schmiss sich auf die Couch und schloss die Augen. *Nur ein paar Minuten Ruhe, ich brauche nur ein paar Minuten Ruhe*, dachte sie. Sie träumte ein bisschen vor sich hin.

Gestern war ein herrlicher sonniger Herbsttag gewesen. Sie hatte sich mit Torben in dem kleinen Café in der Innenstadt getroffen und fast zwei Stunden erzählt und gelacht. Susi hatte Torben vor fast zwei Jahren auf dem Spielplatz kennengelernt. Seine beiden Zwillingstöchter Mia und Clara waren ein Jahr älter als Rosalie. Und als Rosalie schreiend oben auf der Rutsche stand und sich weigerte zu rutschen, war er so freundlich gewesen, sie herunterzuheben. So waren sie ins Gespräch gekommen. Er war Mitte vierzig, groß und sehr attraktiv mit seinen blonden kurzen Haaren und seinen blauen Augen. Seine Lebensgefährtin Thea arbeitete im Personalmanagement eines großen Automobilkonzerns und war aufgrund der langen Arbeitszeiten immer erst spät zu Hause. Daher kümmerte sich Torben um die Kinder. Als selbständiger Mediengestalter arbeitete er zu Hause und konnte sich seine Zeit frei einteilen.

Anfangs trafen sie sich zufällig auf dem Spielplatz, später verabredeten sie sich und mittlerweile trafen sie sich auch mal ohne Kinder zu einem gemeinsamen Mittagessen oder auf einen Kaffee. Aus einer Zufallsbekanntschaft war eine Freundschaft geworden. Torben hörte ihr zu und teilte ihre Probleme hinsichtlich der Kindererziehung. Sie fühlte sich in seiner Nähe einfach wohl und ernst genommen. Natürlich hatte sie ihre Freundinnen, aber mit ihm war es einfach anders. Weder Meike noch Francis verstanden manchmal, wie schwer sie sich tat mit Rosalie. Klar, die beiden hatten ja auch mehr als ein Kind und hatten schon viel früher mit der Familienplanung angefangen.

Noch dazu hatte Susi ihr Leben nie so geplant. Als sie damals schwanger wurde, war sie völlig unvorbereitet. Rosalie war so was wie ein Unfall. Auch Peter kannte sie damals strenggenommen gar nicht richtig. Er war ihr Chef gewesen und nach der Weihnachtsfeier waren sie im Bett gelandet. Sie liebte ihn, keine Frage, aber manchmal wünschte sie sich, sie hätten ein bisschen mehr Zeit für sich gehabt, um überhaupt erst einmal eine richtige Beziehung zu führen. Aber wie hatte Francis zu ihr gesagt: Wäre Rosalie nicht gewesen, hätte sie Peter früher oder später genau wie all den anderen Männer in ihrem Leben den Laufpass gegeben, bevor es richtig ernst geworden wäre. Susi wusste, dass ihre Freundin damit recht hatte. Ihr Vater war ein notorischer Fremdgeher gewesen und Susi hatte von klein auf mitbekommen, wie sehr ihre Mutter darunter gelitten hatte. Vor ein paar Jahren war ihre Mutter, schwer alkoholkrank, an ihrem Kummer gestorben. Susi hatte das ihrem Vater nie verziehen. Sie hatte keinen Kontakt mehr zu ihm. Er wusste nicht einmal, dass er eine Enkeltochter hatte. Für Susi war er zusammen mit ihrer Mutter gestorben! Heute wusste sie, warum sie nie eine lange feste Beziehung gehabt hatte. Sie hatte immer Angst, den Schmerz, den ihr Vater ihrer Mutter zugefügt hatte, selbst zu erleben. Und dann hatte sich ihr Leben schlagartig geändert: Sie hatte sich verliebt! In Peter! Plötzlich hatte sie keine Angst mehr vor der Spießigkeit, vor dem Alltag und vor einer eigenen Familie.

Und doch trauerte sie an manchen Tagen ihrer Freiheit nach. Vor allem wenn Rosalie wieder versuchte ihren Sturkopf durchzusetzen und sie keinen Rückhalt von Peter bekam. Meike hatte auch dazu wieder die passende Weisheit parat: Das würde eine Beziehung eben ausmachen, es gebe Höhen und Tiefen. Weglaufen ist nicht!

Tja, und dann war da eben noch Torben. Als quasi alleinerziehender Vater hatte er es auch oft nicht leicht mit seinen beiden Mädels. Er fragte sie oft nach ihrer Meinung oder hörte ihr einfach nur still zu. Ja, sie verstanden sich wirklich gut. Und so lag sie auf ihrer Couch und ließ die gemeinsame Zeit am Vortag mit diesem Mann noch einmal Revue passieren. Danach fühlte sie sich wieder etwas besser.

Am Abend bereitete sie das Essen vor. Rosalie wollte zwar unbedingt Nudeln essen, aber Susi hatte einen schönen Salat zubereitet, Ciabattabrot aufgeschnitten und Hähnchenbrustfilets gebraten.

Peter kam heute pünktlich zum Abendessen nach Hause. Natürlich ging er zuerst ins Kinderzimmer, um Rosalie zu begrüßen, aber dann kam er gleich zu ihr in die Küche und gab ihr einen Kuss. „Hmmm, das sieht aber wirklich gut aus. Ich mache eine Flasche Rotwein auf."

Noch war die Stimmung friedlich. Bis Rosalie sich an den Tisch setzte und das Gesicht verzog. „Wo sind meine Nudeln?", maulte sie schlecht gelaunt.

Susi gab sich betont ruhig und erklärte ihr, dass es heute keine Nudeln gebe. Und dann passierte das, was zu erwarten war.

„Papi, machst du mir Nudeln?"

Susi wartete und sah Peter eindringlich an.

„Natürlich, das dauert aber einen Moment, Liebes. Geh solange spielen."

Susi verschluckte sich fast an ihrem Rotwein. Vergnügt schlenderte Rosalie wieder in ihr Zimmer.

„Das ist jetzt nicht dein ernst, Peter?" Der Tisch war gedeckt, das Essen stand auf dem Tisch und er machte dem Kind Nudeln?

Unschuldig sah er sie an. „Sie hat doch so lieb gefragt."

Susi stellte das Glas laut auf den Tisch. „Sie ist mir den ganzen Tag auf der Nase herumgetanzt, war frech und laut. Sie bekommt heute keine Nudeln!"

Aber Peter stand schon in der Küche. Wütend ging sie hinterher. „Peter! Was soll das? Sie muss doch lernen, dass es nicht immer nach ihrem Willen geht."

Ohne sich beeindrucken zu lassen, stellte er den Topf mit Wasser auf den Herd und holte die Packung Nudeln heraus. „Aber das Kind muss doch was essen und du weißt doch, dass sie Salat nicht so gerne mag."

Jetzt wurde Susi laut: „Was hat das damit zu tun! Dann isst sie eben Brot mit Butter. Wenn sie Hunger hat, wird sie schon essen."

„Warum regst du dich so auf? Es sind doch nur ein paar Nudeln. Ich mach sie schnell, du hast doch gar keine Arbeit damit."

Er verstand sie einfach nicht und wollte es auch nicht. Es hatte auch keinen Sinn, noch irgendetwas zu sagen. Susi ging zurück ins Esszimmer, aß wütend ihren Teller ab und verschwand ins Bad. *Soll er doch allein mit seiner Tochter essen*, dachte sie immer noch wütend. Sie schloss sich ein und legte sich in die heiße Badewanne. Sie hörte Rosalie jauchzen und Peter lachen. Das machte sie nur noch wütender. Sie schloss die Augen, steckte sich die Kopfhörer in die Ohren und machte sich die Musik auf ihrem iPod an. Und dann öffnete sie ihre Augen und sprach laut vor sich hin: „Ich halte das nicht mehr aus. Ich muss hier raus!"

2. Kapitel

Es war eine traurige Runde hinten am kleinen runden Tisch bei Charly's. Die drei Freundinnen hatten sich zu ihrem mittlerweile nur noch monatlichen Brunch getroffen. Die sonst so fröhlich gackernden Frauen saßen mit gesenkten Häuptern und gedrückten Mienen vor ihrem Frühstück. Der alte Charly, der die Frauen nun schon seit vielen Jahren kannte, kratzte sich besorgt den Bart. Was war nur los? Er stellte ihnen eine Kanne frischen Kaffee auf den Tisch, schüttelte den Kopf und ging weiter zu seinen anderen Gästen.

„Leute, ich halte das zu Hause nicht mehr aus." Susi war die Erste, die das Schweigen brach. „Rosalie tanzt mir nur noch auf der Nase herum und keinen interessiert es. Ich kann einfach nicht mehr. Am liebsten würde ich alles hinschmeißen und abhauen!"

Sie blickte in die Runde. Susi erwartete jetzt einen empörten Aufschrei von Meike. Als Mutter von drei Kindern war sie die Stresserprobteste von den drei Frauen. Meike hatte immer alles im Griff. Sie war in Susis Augen so was wie eine Übermutter. Sie hatte immer einen klugen Rat und wusste genau, was zu tun war. Aber heute? Meike nickte. Susi sah sie erstaunt an.

„Ja, den Gedanken habe ich auch seit einiger Zeit. Helga macht mich fertig. Ich kann nicht mehr."

Jetzt stellte auch Francis ihren Kaffee ab und sah ihre beiden Freundinnen an. „Irgendwie beruhigt es mich, dass es euch genauso geht wie mir. Es geht mir schon lange auf die Nerven, dass ich nur noch die Putz- und Hausfrau für meine Familie bin. Mich nimmt doch schon lange keiner mehr ernst."

Und plötzlich war die Stimmung wie ausgewechselt. Jede der Frauen machte nun ihrem Ärger Luft. „Na und ehrlich Mädels, wann hat euer Mann mal freiwillig abgewaschen?", Francis blickte fragend in die Runde.

„Also Ralf hat seit dem dritten Lebensjahr eine Spülmittelallergie." Meike konnte nicht anders, es lag in ihrer Natur, Partei zu ergreifen.

Susi und Francis lachten laut los. „Eine was?" Susi schossen die Tränen vor Lachen in die Augen. „Meike, lies doch mal im Männerratgeber ‚Wie drücke ich mich vor der Hausarbeit' nach. Das steht bestimmt auf Seite eins ganz weit oben."

„Na und", meinte Meike etwas trotzig. „Ihr braucht gar nicht zu lachen, als ob eure Männer im Haushalt mit anpacken würden."

Das Kichern verstummte. Meike hatte recht. Marc schob seinen Dauerstress im Verlag immer vor. Er kam jeden Abend spät nach Hause und war dann nur noch müde. Francis meisterte allein den Haushalt. Vor ein paar Jahren hatte sie mal eine Haushälterin gehabt, aber diese konnten sie sich in der Wirtschaftskrise, als der Verlag kurz vor dem Aus stand, nicht mehr leisten. Und mittlerweile wollte Francis keine Fremde mehr im Haus haben. Ihre Kinder waren schließlich schon groß genug, um mit anzupacken. Nur leider taten dies weder die Kinder noch ihr Göttergatte. Bei Susi und Peter verlief es ganz ähnlich. Zwar half Peter hin und wieder mit, aber wenn dann nur, um die Wünsche seiner Tochter zu erfüllen. „Papa kocht dir dein Lieblingsessen", „Papa hilft dir beim Zimmeraufräumen", „Natürlich putzt Papa deine Schuhe" … Es war nicht die Art Unterstützung, die Susi sich wünschte. Meike hatte recht. In ihren Familien lief einiges gehörig schief.

„Ich hab eine Idee. Warum fahren wir nicht einfach mal eine Woche weg und überlassen sie sich selbst?"

Susis Idee war gut, aber: „Und dann kommen wir nach einer Woche nach Hause und das Haus sieht aus wie ein Schlachtfeld. Nein danke!" Francis hatte nicht ganz unrecht. In einer Woche würde sich wohl kaum Einsicht breitmachen, geschweige denn der Wille, sich zu ändern. „Dann lasst uns streiken!" Susi war noch nicht am Ende.

„Streiken?" Meike sah ihre Freundin verwundert an. „Das kann ich nicht, über alles drübersteigen. Und überhaupt, damit ist mein Problem Helga auch noch nicht gelöst. Im Gegenteil, ich höre sie jetzt schon tönen: ‚Junge, ich hab dir doch gesagt, sie ist faul. Ich mach hier alles allein.'" Meike verzog das Gesicht und imitierte die Stimme ihrer Schwiegermutter.

Susi lachte. „Ich hab's. Wir machen beides." Meike und Francis sahen sich fragend an. Susi beugte sich in die Runde und sprach etwas leiser. „Wir streiken und hauen ab. Du, Francis, kannst doch überall schreiben, Hauptsache du hast Internet, richtig?" Francis nickte. „Und du, Meike, bist sowieso zu Hause und könntest dir dann endlich überlegen, was du mit deinem Leben anfangen willst, jetzt wo die Kinder groß genug sind." Meike nickte ebenfalls vorsichtig. „Und

ich beantrage einfach ein paar Wochen Elternzeit. Und da ich, ach welch ein Zufall, in
der Geschäftsleitung sitze, werde ich mir das
glatt genehmigen." Sie lachte.

„Aber solltest du in der Elternzeit nicht
dein Kind betreuen?" Meike sah sie misstrau-
isch an.

„Heißt doch Elternzeit, Meike. Das bedeu-
tet Zeit für die Eltern. Ich bin Mutter und
brauche Zeit."

Jetzt kicherte auch Meike.

Sie verabredeten vorerst Stillschweigen.
Keiner sollte von ihrem Vorhaben erfahren.

Es lag eine gewisse Aufregung in der Luft.
An diesem Tag gingen die drei Frauen zufrieden mit sich selbst nach Hause. Sie hatten
einen Plan und waren bereit, diesen in die Tat
umzusetzen. Nur hatten sie an diesem Morgen noch nicht über das Wie und Wann gesprochen.

Francis fand den Gedanken großartig.
Streiken! Ja, das hatte was. Sie kaufte sich
an der Tankstelle eine Schachtel Zigaretten
und setzte sich zu Hause mit einem Glas Wein
in den Garten. Sie kicherte vor sich hin. Es
war noch nicht einmal zwei Uhr und sie trank
Rotwein und rauchte. Sie hatte seit Wochen
kein Bedürfnis verspürt zu rauchen, aber

heute machte sich in ihr eine feierliche Stimmung breit und da wollte sie rauchen. Sie blickte gedankenversunken auf das Haus. Sie dachte an die schwierige Zeit, die sie gemeinsam durchlebt hatten. Die finanzielle Krise hatten Marc und sie enger zusammengeschweißt. Aber nun, da es ihnen wieder gut ging, hatte sie das Gefühl, dass sie sich langsam voneinander entfernten. Es lag auch an ihr. Seit sie voll arbeiten ging, hatten sich auch ihre Prioritäten verschoben. Die Kinder waren schon so groß und führten zunehmend ihr eigenes Leben. Natürlich waren es noch Kinder. Jane stand kurz vor ihrem elften Geburtstag und Harry wurde in ein paar Wochen schon dreizehn. Die Körper ihrer Kinder veränderten sich. Die kindlichen Züge verschwanden allmählich. Es verging kaum ein Wochenende, an dem nicht irgendeiner ihrer Freunde bei ihnen übernachtete. Die Mädchen schminkten sich und tauschten sich über die neusten Stylingtipps aus und die Jungs spielten Tischsnooker oder mit der Playstation. Vorbei waren die Barbie- und Legozeiten. Sie hatten bereits im vergangenen Jahr die ganzen – laut Aussage der Kinder – „Babyspielsachen" in das städtische Kinderheim gebracht. Früher waren sie nach Hause gekommen und hatten ununterbrochen, ohne danach gefragt zu werden, von den Geschehnissen im Kindergarten oder in der Grundschule erzählt. Heute musste sie ihre Kinder regelrecht dazu nötigen, etwas über ihren Schulalltag zu erzählen. Wo waren sie nur hin, die letzten Jahre?

Jetzt lachte Francis laut los. *Ich denke schon wie meine Mutter. Mein Gott, bin ich alt.* Sie schüttelte lachend den Kopf und ging wieder ins Haus.

Der Terminkalender, der neben der Küchentür hing, war voll. Elternabend, Herbstfest in der Schule, Basketballturnier, Reitturnier, Tanzen, Elterngespräch, Frisör … *Streiken! Ja, ich werde streiken.* Der Gedanke brannte sich in Francis' Hirn ein. Und als sie sich dem Berg Wäsche widmete, spürte sie, wie sie es kaum erwarten konnte, ihre Koffer zu packen. Sie liebte ihre Familie, keine Frage, aber so konnte es einfach nicht weitergehen.

Susi war nach dem Frühstück mit ihren Freundinnen ins Büro zurückgekehrt. Rosalie verbrachte ja heute den Tag mit ihrer Tante Anna und somit hatte sie keinen Zeitdruck und konnte bis in die Nachmittagsstunden in Ruhe arbeiten. Sie hatten für die kommende Saison tolle Angebote von verschiedenen Hotelketten ergattert und nun galt es diese in dem neuen Katalog dem Kunden zu präsentieren. Sie blätterte die Angebote durch. Es war jedoch kein Ziel dabei, wo sie sich hätte vorstellen können, unbemerkt mit ihren Freundinnen für ein paar Wochen abzutauchen. Für ein paar Tage vielleicht, aber für einen längeren, ungewissen Zeitraum wohl kaum. Das konnte sich keine von ihnen leisten. Aber ihr Entschluss stand fest und sie würde einen Weg finden. Sie dachte an das kleine Ferienhäuschen ihrer Tante auf Rügen, aber sicher würde auch Peter daran zuerst denken. Bei ihren Freundinnen bestand das gleiche Problem. Es musste ein Ort sein, an dem ihre Männer niemals suchen würden, und sie würde diesen Ort finden.

Susi blickte in ihren Kalender. Sie brauchte noch unbedingt einen Frisörtermin in dieser Woche. Am kommenden Samstag fuhr sie mit Meike und Francis zum Klassentreffen nach Berlin. Es war schon erstaunlich, dass ihre Freundschaft seit der Schulzeit gehalten hatte. Nie hatten sie sich aus den Augen verloren.

Susi war die Letzte der drei Freundinnen, die nach München gezogen war. Die drei Hauptstadtindianer im Staate Bayern. Sie musste innerlich lachen. Hätte ihnen das damals jemand erzählt, dann hätten sie ihn für geisteskrank erklärt. Wat sollen denn Berlina in Bayern! Aber mittlerweile fühlten sie sich alle heimisch.

Meike lag an diesem Abend lange wach. Noch nie hatte sie ihre Familie verlassen. Noch nie hatte sie etwas Spontanes, Unüberlegtes gemacht. Sie war immer der Fels in der Brandung, wie Ralf einmal gesagt hatte. Sie war immer die Konstante in seinem und in dem Leben der Kinder gewesen. Ralf hatte sie damals gleich nach dem Studium geheiratet, als sie schwanger war. Es war ihre Entscheidung gewesen, zu Hause zu bleiben und sich um das Haus, die Kinder und die Familie zu kümmern. Es gab in ihrer Ehe nie größere Streitigkeiten. Für Meike war die klassische Rollenverteilung immer selbstverständlich gewesen. Die Familie war ihr Hafen, ihre Sicherheit.

Meike war in einem streng katholischen Elternhaus aufgewachsen. Ihre Eltern lebten streng nach der Religion und ebenfalls in der klassischen Rollenverteilung. Ihre Mutter war stets zu Hause gewesen und kümmerte sich um den Haushalt. Meike musste zum Klavierunterricht, Gesangsstunden nehmen und Geige lernen. Ihre Mutter brachte ihr Bügeln, Waschen, Nähen und sonstige Hausarbeiten bei, die man als gute Hausfrau können musste. Meike durfte nie mit anderen Mädchen durch die Stadt bummeln oder Jungs treffen. Susi und Francis waren ihre einzigen und besten Freundinnen in dieser Zeit gewesen und hatten immer zu ihr gehalten. Heimlich schauten sie sich in der Pause auf der Mädchentoilette die Bravo an und kicherten. Alles, was sie damals über Jungs wusste, wusste sie hauptsächlich von Susi. Auch Fernsehen war tabu im Hause Schmidt. Nie hatte Meike versucht sich gegen ihre Eltern aufzulehnen. Ihre Eltern trafen die Entscheidungen für sie und Meike hatte sie nie in Frage gestellt. Nur ein einziges Mal hatte sie rebelliert. Obwohl ihre Eltern es ihr verboten hatten, hatte sie Alkohol getrunken und auf der Abschlussfahrt Spaß gehabt. Ihre Eltern waren ja weit weg und konnten sie nicht ertappen. Sie war gerade achtzehn geworden, die Abschlussprüfungen waren vorbei und sie wusste, dass sie in ein paar Wochen ohnehin mit Susi und Francis in eine Studenten-WG ziehen würde. Sie war das erste Mal alleine weit weg von zu Hause. Es war eine tolle, aufregende Nacht gewesen, aber Gott hatte sie bestraft für ihren Ungehorsam, davon war sie damals fest überzeugt. Es war ihre Schuld, was danach passiert war.

Meike drückte ihr Seitenschläferkissen fest an sich. Eine kleine Träne sammelte sich in ihrem Augenwinkel. *Nein!*, sagte sie sich. Damals hatte sie die Erinnerungen in eine Schublade gepackt, abgeschlossen und den Schlüssel weggeworfen. Sie hatte alles vergessen, die Hilflosigkeit, den Schmerz, die Einsamkeit. *Denk schnell an etwas anderes*, befahl sie sich. Sie sah in der Dunkelheit die Gesichtszüge von Ralf und lauschte seinem tiefen, schweren Atmen. Es war eine Mischung aus Grunzen und Schnarchen. Sie hatte sich im Laufe der Jahre daran gewöhnt.

Würde es ihr fehlen, wenn er nicht mehr neben ihr läge? Machte sie einen Fehler, wenn sie in den Streik treten würde? Wie würde er darauf reagieren? Würde sie ihm fehlen? Oder hatte sich seine Mutter schon so sehr in ihrem Leben eingenistet, dass er es nicht einmal merken würde, wenn sie fort wäre?

Jetzt kullerte doch eine Träne über ihre Wange. Sie wollte ihr altes Leben wiederhaben. Sie wollte wieder im Mittelpunkt der Familie stehen, sie wollte wieder gebraucht werden. Ihre Freundinnen hatten recht. Ihre Kinder waren groß, ihre Ehe im Alltag eingeschlafen und ihre Schwiegermutter hatte das

Zepter übernommen. Meike brauchte dringend eine Auszeit, um ihr eigenes Ich wiederzufinden und endlich darüber nachzudenken, wie ihr Leben ohne die Kinder weitergehen sollte. Aber sie hatte auch ein bisschen Angst. Sie war immer für alle da gewesen, hatte sich in Fördervereinen und bei Wohltätigkeitsveranstaltungen engagiert. Immer hatte sie sich zurückgestellt und versucht, für alle anderen das Richtige zu tun. Aber was war für sie das Richtige? Das musste sie herausfinden.

All diese Gedanken schwirrten Meike in dieser Nacht durch den Kopf, bis sie endlich kurz vor dem Morgengrauen in einen kurzen unruhigen Schlaf fiel.

In dieser Woche trafen sich die drei Freundinnen erst am Freitag früh wieder, um gemeinsam nach Berlin aufzubrechen. Sie hatten beschlossen mit dem ICE nach Berlin zu fahren. Auf dieses Wochenende hatten sie sich schon sehr lange gefreut. Susi hatte Rosalie bei ihrer Tante Anna einquartiert, da Peter übers Wochenende beruflich in Hamburg war. Francis hatte ihre Kinder bei deren Freunden untergebracht, da Marc vermutlich eh das ganze Wochenende im Verlag sein würde. Sie hoffte inständig, dass nach den

Wahlen endlich wieder ein bisschen Ruhe einkehrte. Und Meike hatte ja noch immer Helga im Haus, die sich mit all ihrer großmütterlichen Hingabe um den Jüngsten, der noch zu Hause wohnte, kümmern würde. So konnten die drei entspannt in ihr Freundinnenwochenende starten.

„Auf in die Heimat, Mädels. Ick freu ma so!"

Susi hatte für die Fahrt drei Flaschen Sekt eingepackt und bereits die erste Flasche auf drei Plastikgläser verteilt.

„Ja, ein kleiner Vorgeschmack auf unseren Urlaub von der Familie!"

Francis hob feierlich das Glas. „Auf unsere Freundschaft!"

Und dann setze sich der Zug in Bewegung und die drei stießen feierlich an.

3. Kapitel

Nur gut, dass die drei in einem geschlossenen Abteil saßen. Die Freundinnen hatten sich eine ganze Woche lang nicht gesehen und unheimlich viel zu erzählen. Susis Woche war wieder ein Kampf der Geschlechter gewesen. Am Montag hatte Rosalie mit ihren Filzstiften die Wände ihres Kinderzimmers verschönert. Susi hatte getobt, Peter hatte lächelnd die künstlerische Begabung des Kindes gelobt. Am Dienstag hatte Rosalie, anstatt den Kinderfilm im Fernsehen zu schauen, mit der Schere aus dem Buch ihrer Mutter einen Haufen Schnipsel produziert, während Susi das Abendessen vorbereitete. Auch darüber konnte Peter nur lächeln. „Du hättest doch deiner Tochter anständiges Papier geben können!" Und als Rosalie am Mittwoch Susis Schminkkoffer leergeräumt und wirklich jeden Lippenstift abgebrochen hatte, war Susi kurz davor gewesen, das Kind einfach übers Knie zu legen. „Sie kommt eben ganz nach der Mama. Sie wollte sich doch auch nur hübsch machen." Am Donnerstag hatte sie freiwillig Rosalie zu Anna gebracht und den ganzen Tag gearbeitet. Abends war sie mit Peter essen gegangen und war irgendwie froh, ihn mal wieder für sich allein zu haben. Es war eine wirklich harte Woche für Susi gewesen.

Meike ging es nicht viel besser. Helga hatte am Montag begonnen die Stube umzuräumen. Ralf meinte: „Ach Schatz, dann hat Mutti was zu tun. Und du könntest ihr doch helfen, du räumst doch auch gern um. Außerdem wolltest du doch schon länger die Tischgruppe vor das große Fenster stellen, damit du beim Essen in den Garten blicken kannst. Wie lange beschwerst du dich schon, dass die Sonne im Fernseher blendet? Nun sei nicht so. Sie meint es doch nur gut." Und Meike hatte genickt, gelächelt und ihrer Schwiegermutter geholfen. Aber das war noch nicht alles. Am Dienstag war Meike um sieben Uhr aus dem Bett geklingelt worden. Vor der Tür hatten zwei Herren mittleren Alters gestanden, die irgendwie aussahen wie Möbelpacker. Noch ehe Meike hatte fragen können, was in Herrgottsnamen diese Männer um sieben Uhr morgens vor ihrer Tür machten, war Helga wie ein junges Reh aus der Tür des Gästezimmers gesprungen und begrüßte die Herren freudestrahlend. „Das ging aber schnell. Sieh nur, Meike, die neuen Möbel kommen." Meike war blass geworden. „Bitte was?" Aber Helga war flink an ihr vorbeigehuscht. „Keine Sorge, sie nehmen die alten Möbel mit."

Und nun hatte Meike zu Hause eine Wohnstube, die exakt so aussah wie das alte Wohnzimmer ihrer Schwiegermutter. Und sollte Ralf entsetzt oder auch nur ansatzweise überrascht gewesen sein, so hatte er es sehr gut verheimlichen können. Meike war so sauer! Ihre schönen Möbel! Sie hatte geistesgegenwärtig die Möbelfirma angerufen und darum gebeten, die Möbel nicht zu entsorgen, sondern einzulagern. Jetzt hing der Haussegen richtig schief. Meike war froh, dieses Wochenende von zu Hause fliehen zu können.

Francis' Woche war im Vergleich dazu relativ entspannt verlaufen. Ihren Mann hatte sie eigentlich kaum gesehen, nur hin und wieder im Verlag. Harry war auf Klassenfahrt gewesen und Jane musste eine Projektarbeit mit ihren Schulfreundinnen ausarbeiten. Sie hatten es sich so eingeteilt, dass sie jeden Tag bei einem anderen arbeiteten. Somit hatte Francis nur am Mittwoch den „Best-Friends-for-Ever-Kreis", bestehend aus vier vorpubertierenden Mädels, im Haus gehabt. Und aus irgendeinem Grund klappte das mit Jane immer besonders gut, wenn eine ihrer Freundinnen zu Besuch da war.

Der Zug hielt in Nürnberg. Koffer wurden durch den Gang geschoben. Türen öffneten und schlossen sich wieder. Es war ein nicht unangenehmes Gemurmel auf dem Gang. Die drei schauten aus dem Fenster und beobachteten die Menschen auf dem Bahnsteig. „Sieh dir mal die Frau da an, die mit dem pinken Schalenkoffer." Francis drückte ihre Nase an die Scheibe. „Die kommt mir irgendwie bekannt vor."

Dann war die Frau auch schon verschwunden. Sie musste irgendwo in den hinteren Wagons eingestiegen sein. „Komisch, die roten Haare. An irgendjemanden erinnert sie mich, du hast recht, Francis."

Susi öffnete die zweite Flasche Sekt. „Mädels, hoch die Tassen." Sie lachten und stießen an. Der Zug setzte sich langsam wieder in Bewegung.

Ein lautes Ruckeln und Schimpfen zog die Aufmerksamkeit der Frauen auf die Tür des Zugabteils. Die rothaarige Frau versuchte fluchend die Tür zu öffnen. „Ja, ja, Sie sehen doch, dass die Tür klemmt. Ich bin ja schon gleich aus dem Gang verschwunden", schimpfte sie laut vor sich hin.

Susi sprang auf und öffnete mit einem festen Ruck die Tür.

„Ach, danke schön. Es gibt eben Menschen, die haben einfach keine Geduld", wetterte die Rothaarige dem Mann, der sich nun schnellen Schrittes an ihr vorbeischob, hinterher. Sie hievte schnaufend ihren pinken Schalenkoffer mit den vielen bunten Aufklebern nach oben auf die Gepäckablage. Sie war eine gutaussehende, naturgebräunte, schlanke Frau in einer engen schwarzen Jeans und bunten Gummistiefeln an den Füßen. Sie hatte ein breites buntgetupftes Tuch um den Oberkörper geschwungen und ihre roten Haare waren locker hochgesteckt.

„Das gibt es doch nicht. Die ungleichen drei." Die Frau sah die drei Freundinnen mit großen Augen an.

„Frederike? Frederike Altmann?" Francis sah die Frau fragend an.

„Jawohl, wie sie leibt und lebt", lachte die Frau. Frederike Pfeffer, so hieß sie seit nunmehr zwei Jahren, lebte mit ihrem Mann Hans auf dessen geerbtem Bauernhof im Oberpfälzer Wald nahe Oberviechtach.

Es wurde ein viertes Plastikglas mit Sekt gefüllt. Frederike war mindestens genauso neugierig wie Francis, Meike und Susi. Wie konnte es nur vier Hauptstädter nach Bayern verschlagen und Frederike aus der Platte direkt auf einen Großbauernhof? Früher in der

Schule waren sie zwar nicht eng befreundet gewesen, aber man hatte sich gekannt und gegenseitig zu Partys eingeladen. Frederike war aufgrund ihres extravaganten Modegeschmacks ein Einzelkämpfer gewesen. Sie hatte sich nicht an der Cliquenbildung beteiligt und auch nicht das Bedürfnis gehabt, sich irgendwie zu integrieren. Entweder die Leute mochten sie so, wie sie war, oder sie ließen es eben bleiben. Dennoch war sie lustig und immer ein gern gesehener Partygast gewesen. Kurzum, die Frauen hatten sich schon während der Schulzeit gut verstanden.

Die sechseinhalb Stunden Zugfahrt vergingen wie im Flug. Der Zug fuhr pünktlich um siebzehn Uhr neunzehn im Berliner Hauptbahnhof ein. Frederike hatte ein Zimmer im naheliegenden Intercity Hotel gebucht. Sie drückten sich kurz und verabredeten sich für den folgenden Tag beim Italiener am Alexanderplatz zum Mittagessen. Dann liefen Meike, Susi und Francis zur S-Bahn. Da sich Francis' Eltern im Urlaub befanden, hatten sich die drei Freundinnen bei Müllers einquartiert.

Sie fuhren mit der S-Bahn bis Spingpfuhl. Von dort aus waren es nur ein paar wenige Gehminuten und sie hatten die gemütlich eingerichtete Drei-Zimmer-Plattenbauwohnung erreicht. Francis schloss die Tür auf und sog den vertrauten Geruch tief ein. Das Parfüm ihrer Mutter lag in der Luft. Sie hatte noch nie ein anderes benutzt. Francis war zu Hause.

Frau Müller war eine sehr ordentliche Frau und fürsorgliche Mutter. Francis' ehemaliges Kindeszimmer diente seit ihrem Auszug als Gästezimmer und war freundlich hergerichtet. Die Schlafcouch war ausgezogen, frisch bezogen und die Handtücher mit einem kleinen Täfelchen Schokolade platziert. Hier würden Susi und Meike die nächsten zwei Nächte schlafen. Francis würde auf der Couch im Wohnzimmer schlafen. Auch diese hatte Frau Müller für ihre Tochter noch vor Antritt ihres Urlaubs hergerichtet. Im Kühlschrank stand eine Flasche Sekt kalt sowie ein Pralienenkasten mit feinstem Nougat, darauf ein Klebezettel: „Wir wünschen euch ein schönes Wochenende in Berlin. Kuss, Papa und Mama."

Francis lächelte. Sie liebte ihre Eltern und vermisste sie sehr im fernen München.

Die drei Freundinnen saßen frisch geduscht und in ihre Pyjamas gekleidet auf der ausgezogenen Couch in der Stube, aßen Pizza und tranken den gekühlten Sekt. Susi hatte ihr Fotoalbum aus der Schulzeit mitgebracht und auch Francis hatte noch viele Fotos in einem Schuhkarton im Keller ihrer Eltern gelagert. Es war schon verrückt, was früher modern gewesen war. Susi in schicker Dauerwelle, Meike mit zwei brav geflochtenen Zöpfen und Francis mit ihren kurzen Haaren, weshalb sie früher öfter mit Jungs verwechselt wurde. Erst als ihre Mutter sich durchgesetzt und Francis ein paar Ohrringe verpasst hatte, hatten diese Verwechselungen aufgehört. Es war ein lustiger Abend voller Erinnerungen. Francis lag noch lange wach und lauschte dem ruhiger werdenden Verkehr auf der Straße. Sie liebte ihr Berlin. Dann fiel sie in einen tiefen Schlaf.

Nach einem ausgiebigen Frühstück mit frischen Schrippen und Kaffee fuhren die drei Frauen mit der S-Bahn direkt zum Alex. Es war ein herrlicher Novembertag. Der Himmel war wolkenlos und die Sonne wärmte noch. Sie saßen nach einer ausgiebigen Shoppingtour durch das Alexas draußen vor dem Café und tranken einen Milchkaffee. Sie sprachen kein Wort. Sie saßen einfach nur nebeneinander auf dem gemütlichen Sofa des Cafés und streckten ihre Köpfe der Sonne entgegen. Das Leben auf dem Alexanderplatz hatte schon immer eine ganz eigene Dynamik. Die Besuchergruppen mit ihren Fotoapparaten um den Hals und ihren Smartphones in der Hand, einzelne Touristen mit ausgebreiteten Stadtplänen vor der Nase, die Punks mit ihren Hunden, die vorbeihastenden Großstadtinsulaner, die Blumenfrau vor dem S-Bahn-Eingang, genauso wie der Bettler daneben, die Fahrräder, auf denen Studenten die Touristen durch Berlin fuhren, und die vielen Würstchenbuden, wo es überall natürlich original Berliner Currywurst zu kaufen gab. Dem Treiben einfach nur zuzusehen hatte etwas sehr Entspanntes. Straßenkünstler unterhielten ihr applaudierendes Publikum. Heute war ein junges Pärchen da, das unglaubliche Dinge mit einfachen Hula-Hoop-Reifen vollbrachte. Ein anerkennendes Raunen durchzog die Menschentraube, die sich um das Paar gebildet hatte. Es war anders als in München, das hier war eben Berlin.

Susi dachte darüber nach, wie ihr Leben wohl heute aussehen würde, hätte sie damals nicht die Stelle in München angenommen. Sie wäre sicher nach Mitte gezogen und würde in einem kleinen Reisebüro in der Innenstadt arbeiten. Abends würde sie durch die Bars und Kneipen ziehen und würde sicher ein ähnliches Leben wie in München führen, nur dass das Leben hier in Berlin um einiges erschwinglicher wäre.

Auch ihre Freundin zu ihrer Rechten, Meike, hatte die Augen geschlossen und dachte darüber nach, was wäre gewesen, wenn ... Wenn sie Ralf damals nicht kennengelernt hätte, dann hätte sie sich nach dem Studium eine Arbeit gesucht. Vielleicht wäre sie an der Uni in einem Forschungsprojekt untergekommen und hätte noch eine Doktorarbeit über Gentechnik in der Pflanzenzucht geschrieben oder sich vielleicht doch umorientiert und noch eine Ausbildung zur Heilpraktikerin gemacht. Dann hätte sie möglicherweise heute eine kleine Praxis in Grünau, ein kleines Häuschen, Kinder und keinen Platz für eine Schwiegermutter.

Die Sonne brannte ein bisschen auf ihrer Haut. Meike war ein blasser Typ, der eigentlich nie richtig braun wurde. Sie führte ein schönes Leben an der Seite von Ralf. München war eine schöne Stadt und das Umland grün und friedlich. Aber sie vermisste Eigenständigkeit, Unabhängigkeit. Sie fühlte sich in ihrem schönen Leben gefangen. Und seit ihre Schwiegermutter eingezogen war, fühlte sich Meike nur noch beobachtet, kontrolliert und bevormundet. Sie hatte vorher nicht bemerkt, was in ihrem Leben fehlte. Eigentlich hatte sie nichts vermisst, nicht mal die Berliner Luft. In Berlin war sie auch nur eine Gefangene im Hause ihrer Eltern gewesen. Sie hatten alles bestimmt und kontrolliert. Das Verhältnis zu ihren Eltern war eher abgekühlt und sachlich als liebevoll und herzlich. Meike war nun Anfang vierzig und stellte sich die eine Frage: *War's das? Kommt da noch was? Das kann doch nicht alles gewesen sein?* Das anfängliche Gefühl: *Ich halte es so nicht mehr aus*, wurde langsam zu einem Entschluss: *Ich muss etwas an meinem Leben ändern!* Ihre Freundinnen hatten recht. Sie sollte sich mit dem Gedanken auseinandersetzen: *Was fange ich mit dem Rest meines Lebens an?*

Und was dachte die Frau zu Susis linker Seite? Francis blinzelte in die Sonne und beobachtete das Treiben um sich herum. Sie dachte an all die Leben, die sich hinter den einzelnen Menschen verbargen. Geschichten, Storys, Schicksale. Francis hatte zwar ihre tägliche Kolumne in der Zeitung und sie bloggte im Internet. Aber eigentlich wollte sie mal wieder ein richtiges Buch schreiben. Sie wollte am liebsten einfach abhauen, sich mit ihrem Laptop mitten in die Stadt setzen, die Menschen beobachten und schreiben. Es kribbelte richtig in ihren Fingern. Sie wollte unbedingt mehr Zeit für sich und zum Schreiben. Zum Beispiel dieses Künstlerpärchen: Sie war eine schlanke hübsche Frau. Ihre blonden Locken schwangen bei jedem Hüftschwung durch die Luft. In jeder Bewegung lag ein Hauch von Sexappeal. Ihr Mann dagegen sah um einiges älter aus. Seine Haare waren völlig ergraut und sein Dreitagebart ließ ihn etwas ungepflegt wirken. Francis überlegte. Wie konnten sich wohl die Lebenswege dieser beiden so unterschiedlich wirkenden Menschen gekreuzt haben? Vielleicht hatten sie sich in einer Kneipe kennengelernt – sie jobbte dort, um ihr Studium zu finanzieren, und er saß einfach wie jeden Abend an der Bar und grübelte über die vergebenen Chancen in seinem Leben nach. Vielleicht waren sie ganz zwanglos ins Gespräch gekommen und hatten sich so kennengelernt, sich verabredet und waren gemeinsam in die Künstlerszene abgetaucht. Er hatte ihr sein Atelier in einem verlassenen Bahnhofsgebäude gezeigt und sie hatte ihn heimlich in das Tanzstudio geschmuggelt und ihm nachts vorgetanzt. Und um ihrem Ziel, nach Amerika auszuwandern und als freie Künstler in New York zu leben, ein Stück näherzukommen, tanzte sie nun auf dem Alexanderplatz und er malte nebenbei Portraits von Touristen. Oder vielleicht war auch alles ganz anders. Francis lächelte vor sich hin. *Tja, wer weiß das schon.*

Punkt achtzehn Uhr standen die drei Freundinnen perfekt gestylt im Foyer des Meliá Hotels. Es war ein sehr exklusiv wirkendes Hotel. Eine großzügige Empfangshalle in modernster Ausstattung, hell und freundlich. Susi, die Expertin in Sachen Hotels, nickte anerkennend. „Der erste Eindruck ist ganz ordentlich", flüsterte sie. „Seht, da vorn steht schon unser Willkommensschild. Willkommen Abi-Jahrgang 1995!"

Die Frau an der Rezeption räusperte sich. „Entschuldigung, Sie möchten sicher zur Abi-Jahrgangsfeier. Bitte nehmen Sie den Gang links vom Fahrstuhl und folgen Sie der Beschilderung. Ihre Feier findet im Raum Barcelona I statt. Ich wünschen Ihnen einen angenehmen Aufenthalt in unserem Haus."

Francis nickte dankend und schon liefen die drei Frauen in die ihnen vorgegebene Richtung. Der große, hell erleuchtete Konferenzsaal war schon gut gefüllt. Am Eingang lag ein großes Buch mit Fotos aus dem Abschlussjahr. Jeder sollte daneben seine Anwesenheit mit seiner Unterschrift bestätigen.

Corinna Meyer und Stefan Riese nahmen je-
den einzeln in Empfang, reichten ein Glas
Sekt und wiesen die Plätze zu. „Wir haben die
Klassen ein bisschen zusammengesetzt. Euer
Tisch ist ganz vorn links neben der Bühne,
Tisch drei. Schön, dass ihr gekommen seid,
und einen schönen Abend."

*Ja, die Corinna war damals schon als Klas-
sensprecherin immer vorn dabei gewesen*,
dachte Francis. Und Susi dachte: *Mein Gott,
hat die abgenommen. Früher war sie doch
mindestens doppelt so breit.* Und Meike
dachte: *O mein Gott, da sitzt Ronny Pietschke.* Sie spürte, wie sich ihr die Nacken-
haare aufstellten und es irgendwie heiß
wurde in ihrem Kleid. Am liebsten wäre sie
wieder umgekehrt. Aber da hatten sich Susi
und Francis schon bei ihr eingehakt und so
steuerten die drei auf ihren Tisch mit der
Nummer drei zu.

Frederike saß bereits an ihrem Tisch und
hörte der ohne Pause auf sie einredenden Melanie zu. Melanie war, im Gegensatz zu Corinna, um das Doppelte in ihrer Breite ge-
wachsen. Sie hatte sich in ein sehr enges
knallrotes Cocktailkleid gepresst und musste
mehrfach Luft holen beim Reden. Als Melanie
die drei sah, unterbrach sie kurz ihren Rede-
schwall und hüpfte zur Begrüßung von ihrem

Stuhl. „Ach, ich glaub es ja nicht. Susi, Francis und Meike. Das ist schön, euch zu sehen." Küsschen rechts, Küsschen links und für jeden eine dicke Umarmung. Ja, so war sie, die Melanie.

Susi starrte auf die dicken Füße, die aus den roten Pumps rauszuquellen drohten. Die blonden Locken fielen locker auf die freien Schultern und irgendwie war der Vergleich mit Miss Piggy aus der Muppet Show mehr als passend. Frederike verdrehte hinter ihrem Rücken lächelnd die Augen. Na das konnte ja ein heiterer Abend werden!

Es war sehr voll in dem Konferenzsaal. Es mussten fast alle der Einladung gefolgt sein. Corinna und Stefan eröffneten die Veranstaltung. Sie hielten eine sehr schöne Rede und ließen nebenher auf den Leinwänden rechts und links von der Bühne Fotos aus ihrer Schulzeit als Diashow laufen.

Es waren auch einige Lehrer der Einladung gefolgt. Der Mathelehrer Herr Schuhmann hatte sich sehr gut gehalten. Er war kaum gealtert. Auch Frau Heim, der Deutschlehrerin, sah man ihr Alter nicht an.

Nach der Stürmung des Buffets spielte die ehemalige Schulband, „die heißen Jungs", und im Anschluss übernahm ein DJ. Es war ein sehr amüsanter Abend. Innerhalb von

dreißig Minuten hatte Melanie ihre ganze Le-
bensgeschichte erzählt und war einen Tisch
weitergezogen, um auch die anderen daran
teilhaben zu lassen. Und auch Francis und
Susi mischten sich ein bisschen unters Volk.
Aus einigen war wirklich was geworden. Aus
der schüchternen Andrea aus der 12 b war
eine erfolgreiche Staranwältin geworden und
der dicke Nils lief mittlerweile Marathon. Der
immer popelnde Michael war erfolgreicher
Zahnarzt und die hübsche Stefanie war Kas-
siererin bei Aldi. Francis saugte die Lebenswege förmlich auf. Es war unglaublich inte-
ressant, die Entwicklungen der ehemaligen
Mitschüler zu sehen. Von einigen hätte man
es nie erwartet. Zum Beispiel Lars Franzke,
der immer gestottert hatte, moderierte mittlerweile eine Sendung im Radio. Unglaublich!
Und Sybille, die immer in sich gekehrte kleine
Sybille, die nie richtig Anschluss gefunden
hatte, sie war im vergangenen Jahr an einem
Hirntumor gestorben. Francis hatte es nicht
gewusst. Sie wäre sicher zur Beerdigung gekommen. Sie hatte Sybille eigentlich immer
gemocht, auch wenn sie nicht eng befreundet
gewesen waren. Sybille war eine sehr gute
Schülerin und hatte Francis manchmal ab-
schreiben lassen.

Es wurde viel getanzt und gelacht. Vor allem die vielen Fotos von früher trugen zur allgemeinen Heiterkeit bei. Nur Meike saß ein bisschen abwesend und still am Tisch. Sie sah Ronny auf den Fotos, und sie sah, wie er zu ihr hinüberblickte. Sie sah sich auf der Leinwand mit ihren beiden geflochtenen Zöpfen, die kerzengerade an ihr herunterhingen. Sie sah eingeschüchtert und verängstigt auf den Bildern aus. Nur selten sah man sie lachen. Und dann ein Foto von der Abschlussfahrt. Ronny und sie nebeneinander auf der Bank vor dem Museum in Amsterdam. Sie konnte sich noch so gut an diesen Tag erinnern. Sie war damals in diesen Jungen mit den blauen Augen und den kurzen struppigen Haaren so verliebt gewesen. Und sie hatte damals geglaubt, dass auch er sie liebte. Er hatte ihre Hand gehalten und ihr ins Ohr geflüstert, wie hübsch sie doch sei und was für ein schönes Lächeln sie habe. Auf diesem Foto lächelte sie.

Es war an diesem Abend passiert. Er hatte mit ihr abends bei der Abschlussdisco in der Jugendherberge getanzt und sie in den Arm genommen. Dann hatte er ihre Hand gegriffen und war mit ihr hinausgegangen. Sie hatten auch etwas Alkohol getrunken. Meike wusste, dass sie das nicht durfte, ihre Eltern hatten es ihr ausdrücklich verboten, und trotzdem hatte sie sich von den anderen überreden lassen und mit Bier getrunken. Sie war nicht betrunken gewesen, aber einen Schwips hatte sie dennoch gehabt. Er war mit ihr in sein Zimmer gegangen. Die anderen Jungs waren ja noch unten und tanzten. Er hatte sie geküsst und sie auf sein Bett gezogen. Sie hatte alles mitgemacht. Sie war so verliebt und er interessierte sich für sie. Meike war so glücklich gewesen. Sie hatte auch Angst gehabt, aber sie war sich sicher, ihre Eltern würden es nie erfahren. Und so hatte sie in dieser Nacht ihre Jungfräulichkeit verloren. Es ging sehr schnell und war nicht besonders schön, aber sie hatte mit einem Jungen geschlafen. Mit Ronny Pietschke, dem Jungen, den sie damals so sehr liebte. Ronny hatte versprochen sie in den Ferien mal anzurufen. Er hatte versprochen zu schreiben und dass sie nun zusammen wären. Aber er hatte sich nicht gemeldet. Er hatte nicht angerufen und er hatte auch nicht geschrieben. Meike hatte zu Hause gesessen, sich auf ihr Studium vorbereitet und sehnsüchtig auf ein Zeichen von ihrem Liebsten gewartet. Ja, sie hatte gewartet. Nicht nur auf ein Zeichen von Ronny, nein, auch auf ihre Tage. Aber auch die kamen nicht. Sie war allein, verzweifelt und unsicher. Wem hätte sie sich anvertrauen können? Ihren Eltern? Niemals. Sie hätten sie verstoßen, dessen war sich Meike sicher. Susi und Francis verbrachten ihren Urlaub im Ausland. Meike hatte das Geld gefehlt, um die beiden zu begleiten. Außerdem wollten ihre Eltern, dass sie sich auf ihr Studium vorbereitete und nicht, wie ihr Vater meinte, „sinnlos" in der Gegend herumreiste. Und so war Meike in Berlin geblieben und hatte sich um die kleine Studentenwohnung der drei gekümmert. Mit Mütze und Sonnenbrille verkleidet war sie damals in die Apotheke am Alexanderplatz gegangen und hatte gleich drei Schwangerschaftstests gekauft. Sie erinnerte sich noch genau, wie hilflos sie auf dem Fußboden in dem kleinen Badezimmer gesessen und alle drei Testergebnisse angestarrt hatte. Schwanger! Sie war schwanger. Meike konnte sich nicht mehr erinnern, wie lange sie so dagesessen hatte. Waren es Minuten, Stunden oder Tage gewesen? Sie wusste es nicht mehr. Irgendwann war sie aufgestanden und war ziellos durch Berlin gelaufen. Einsam, allein, mutlos, verzweifelt. Sie hatte keine Träne vergossen und ihr Kopf war leer gewesen. Es waren schwierige Wochen damals. Sie hatte sich zur Abtreibung entschlossen. Das widersprach allem, was ihr in ihrem streng katholischen Elternhaus je beigebracht worden war, aber sie konnte das Kind einfach nicht bekommen. Und dann war es so weit. Sie hatte den Schein von der Beratungsstelle in der Tasche und war auf den Weg in die Klinik. Und da sah sie ihn. Ronny! Er stand an der Straßenbahnhaltestelle gegenüber, eng umschlungen mit einem anderen Mädchen, und steckte ihr die Zunge in den Hals. Meike hatte dagestanden wie gelähmt. Das Auto hatte sie nicht kommen gehört. Sie musste einen Schritt auf die Fahrbahn gelaufen sein oder vielleicht wollte sie auch gerade die Fahrbahn überqueren und war einfach stehen geblieben. Was genau passiert war, daran konnte sie sich nicht mehr erinnern. Nur der dumpfe Schlag, als das Auto sie erfasste, hallte in ihrem Kopf wider. Als sie später im Krankenhaus aufwachte, stand eine junge Ärztin an ihrem Bett und teilte ihr emotionslos mit, dass sie großes Glück gehabt, jedoch eine Fehlgeburt erlitten habe. Es war eine Mischung aus Erleichterung und Traurigkeit, die Meike ergriffen hatte. In diesem Moment hatte sie angefangen zu weinen. Nachdem sie genug geweint hatte, beschloss sie, die Nacht mit Ronny und deren Folgen zu vergessen.

„Entschuldigung. Meike, würdest du mit mir tanzen?" Ronny Pietschke stand vor Meike und riss sie aus ihren Gedanken. Verwirrt sah sie ihn an.

„Bitte was?"

„Würdest du mit mir tanzen?"

Ohne Gegenwehr stand sie auf und ließ sich von ihm auf die Tanzfläche führen. Es war wie damals. Aber etwas war anders – sie war nicht verliebt. Sie sah in die blauen Augen dieses Mannes, dessen Schläfen leicht ergraut waren und um dessen Augen sich Falten gruben, und lächelte. Es war vorbei. Es tat nicht mehr weh. Er war einfach ein Mann wie jeder andere. Er würde nie erfahren, dass sie damals schwanger gewesen war und sein Kind verloren hatte. Und irgendwie fühlte sich das gut an. Sie hatte das ganz allein geschafft. All die Jahre war ihr Geheimnis tief in ihrem Herzen vergraben. Sie hatte Ronny Pietschke einfach vergessen. Nur manchmal kam ein Hauch von Erinnerung in ihr hoch, den sie hartnäckig ignorierte. Aber jetzt, als er so vor ihr stand und die Erinnerungen durch ihren Körper strömten, taten sie nicht mehr weh. Plötzlich fühlte Meike sich auf dieser Tanzfläche, in den Armen ihrer einstigen großen Liebe, stark und sicher.

„Meike, was ich dir sagen wollte", setzte Ronny an. Sie spürte Nervosität in seiner Stimme. „Du siehst sehr gut aus. Und es … na ja, es tut mir sehr leid, dass ich mich damals nicht bei dir gemeldet habe."

Sie lächelte. „Schon okay." Und das war es wirklich. Sie hatte immer Angst gehabt, der Schmerz könnte sie überrollen, wenn sie sich erinnerte. Aber das tat er nicht. Es war eine verblasste Erinnerung. Er war eine verblasste Erinnerung.

„Erzähl, wie ist es dir ergangen? Was machst du heute? Lebst du noch in Berlin?"

Und plötzlich war alles so leicht und es wurde auch für Meike noch ein schöner Abend.

Die Heimfahrt war wesentlich ruhiger als die Hinfahrt. Vielleicht lag es an der langen Nacht – sie waren erst gegen vier Uhr morgens in der Wohnung von Francis' Eltern angekommen und hatten noch eine Weile in der kleinen Küche gesessen und ein letztes Glas Wein getrunken, bevor sie für ein paar Stunden in die Betten gefallen waren. So richtig geschlafen hatte keine der Freundinnen.

Jede dachte für sich über dieses Klassentreffen nach und darüber, wen sie so alles getroffen hatten. Vielleicht lag aber auch ein bisschen Wehmut im Zugabteil des ICE nach

München. Sie hatten seit langem mal wieder ein gemeinsames Wochenende in ihrer Heimatstadt verbracht. Ein richtiges Freundinnenwochenende ohne den ganzen familiären Trubel. Nun kehrten sie wieder in ihr Leben zurück. Frederike hatte sie noch herzlich auf ihren Bauernhof eingeladen, bevor sie in Nürnberg den Zug mit ihrem großen Schalenkoffer verließ. Ja, sie wollten in Kontakt bleiben, das hatten sie sich fest vorgenommen. Still winkten sie Frederike nach und ließen sich dann wieder auf ihre Sitze fallen. Die drei Freundinnen waren erschöpft. Es war ein anstrengendes, aber schönes Wochenende gewesen.

4. Kapitel

Am Bahnhof nahmen die drei Abschied voneinander. Peter stand mit Rosalie vor dem Bahnhofsgebäude und erwartete Susi. Ein leichtes Lächeln huschte über ihr Gesicht. *Wie schön, dass sie mich abholen*, dachte sie. Peter begrüßte sie mit einem liebevollen Kuss und auch Rosalie umarmte ihre Mutter kurz. *Vielleicht haben sie mich tatsächlich vermisst*, schoss es Susi kurz durch den Kopf.

„Rosalie möchte gerne mit uns ins Kino. Ich dachte wir fahren gleich."

Susi war müde und hatte eigentlich nur das Bedürfnis nach einer heißen Badewanne und einem Glas Rotwein, um dann den Abend gemütlich ausklingen zu lassen. „Eigentlich bin ich sehr müde und würde lieber gleich nach Hause fahren."

Peter nickte verständnisvoll.

„Och nö. Papa hat es versprochen. Ich will ins Kino. Ich will die Eiskönigin gucken!"

Susi stöhnte.

„Na komm, Schatz, sei nicht so. Ich habe es ihr wirklich versprochen."

In Susis Bauch formierte sich ein dicker Wutkloß. *Wieso muss immer alles nach diesem Kind gehen?* „Aber es war wirklich ein anstrengendes Wochenende. Die lange Zugfahrt, das Klassentreffen, ich würde wirklich lieber nach Hause fahren", sagte sie noch einmal mit Nachdruck.

„Aber Papa hat es mir versprochen!", heulte jetzt Rosalie.

Grrr! Muss sie denn jetzt auch noch den Tränenjoker ziehen?

„Ist ja schon gut, meine Kleine. Dann setzen wir Mami zu Hause ab und gehen allein ins Kino."

Sofort hörte der Tränenfluss auf und ein Lächeln breitete sich auf dem Gesicht des Kindes aus. Bingo. Sie hatte wieder ihren Willen bekommen. Aber Susi war zu erledigt, um einen Streit vom Zaun zu brechen. Sie ließ sich zu Hause absetzen, schleppte ihren Koffer allein in die Wohnung und ließ sich sofort ein Bad ein. Zumindest hatte sie ihre Ruhe und konnte das Wochenende noch einmal Revue passieren lassen.

Weder Meike noch Francis wurden vom Bahnhof abgeholt. Sie teilten sich ein Taxi, da Meikes Haus auf dem Weg zu Francis lag. Meike zögerte einige Sekunden, bevor sie ausstieg. Es war irgendwie nicht mehr ihr Haus. Es war Helgas Haus geworden. Francis drückte ihre Freundin noch einmal. „Du schaffst das. Denk an unseren Plan. Bald hauen wir ab!"

Sie hatte recht. Meike holte noch einmal tief Luft und begab sich dann in die Höhle des Löwen – oder war es eher die Höhle des Drachen, des Schwiegermutterdrachens?

Helga hatte das Wochenende genutzt. Nicht nur die Stube hatte sie in ihrem Stil eingerichtet, nein, auch in der Küche lagen nun überall auf den Arbeitsflächen kleine Deckchen, mit irgendeinem Staubfänger bestückt. In den Flur, ja sogar ins Badezimmer und in die Gästetoilette hatte sie kleine Tischdeckchen gelegt. Im Badezimmer hatte sie außerdem den Seifenspender gegen eine übelriechende Seife ausgetauscht. Es war einfach furchtbar.

Meike traute sich gar nicht in ihr Schlafzimmer. Mit großer Erleichterung stellte sie jedoch fest, dass ihr wenigstens dieses kleine Fleckchen Privatsphäre geblieben war. Sie musste dringend mit Ralf reden! *Das kann ihm doch nicht gefallen. Oder etwa doch?* War er noch der Mann, den sie liebte? Oder hatte er sich zurück zu Muttis Bübchen entwickelt?

Meike wurde aus ihren Gedanken gerissen. „Meike? Meike? Wo bist du?" Helga hatte sie offensichtlich kommen gehört. Stöhnend erhob sich Meike und öffnete die Schlafzimmertür.

„Hier, Helga. Ich bin hier oben. Ich packe gerade aus."

Helga stand unten an der Treppe. Es fiel ihr schwer, die Treppen zu gehen, ein glücklicher Umstand, wie Meike feststellte. „Du kannst mir beim Tischdecken helfen. Gekocht habe ich schon. Ralf müsste jeden Moment nach Hause kommen." Dann verschwand Helga auch schon wieder in „ihrer" Küche.

Diese Frau hatte komplett das Zepter in diesem Haus übernommen. Meike nahm sich vor, gleich heute mit Ralf zu sprechen. Sie konnte nicht warten, bis sie endlich ihren Plan umsetzten und einfach eine Auszeit nahmen. Und würde das überhaupt etwas ändern? Vermutlich würde sie nicht einmal vermisst werden. Na ja, die Jungs würden vielleicht ihre Mutter vermissen.

Es war Sonntag. Die Jungs lagen vermutlich auf ihren Betten, hörten Musik oder spielten. Alexander liebte sein Tablet und spielte vermutlich schon den ganzen Tag, während der Jüngste, Björn, noch hin und wieder mit Lego spielte. Auch sie verzogen sich in den letzten Wochen zunehmend in ihre Kinderzimmer, um der mahnenden Oma zu entfliehen. Noch vor einigen Monaten hatte Meike mit ihnen geschimpft, wenn sie ihre Autos und Legosteine im Wohnzimmer auf dem Boden verteilten und lautstark spielten und stritten. Jetzt vermisste sie es. Sie erhob sich widerwillig vom Bett und ging in Richtung Treppe … Aber nein! Helga konnte warten. Erst wollte sie ihre Jungs begrüßen.

Wie erwartet lag Alex auf seinem Bett und starte auf sein Tablet.

„Na, mein Großer, alles gut?"

Er blickte kurz auf und schenkte seiner Mutter ein Lächeln. „Hallo Mom. Bist du wieder da? Ja, alles in Ordnung." Und schon war er wieder in sein Spiel vertieft.

„Wollen wir nachher noch was zusammen unternehmen?" Meike hatte den Wunsch, diesem Haus zu entfliehen, aber nicht ohne ihre Kinder.

„Hmmm", murmelte Alexander.

In Björns Zimmer herrschte das reinste Chaos. Überall lagen Legobausteine herum und mittendrin kniete Björn und baute. Er blickte sofort auf, als Meike die Tür öffnete. „Mama!", rief er freudestrahlend aus. Er sprang hoch und fiel ihr in die Arme. Ja, er war eben noch der Kleine. Ihr kleiner Liebling.

Ihr Engel. Mit seinen blonden Locken und seinen blauen Augen sah er tatsächlich aus wie ein kleiner Engel.

„Na, du. Wollen wir nach dem Essen noch etwas unternehmen?"

Er nickte begeistert. „Aber ohne Oma!" Seine Unterlippe schob sich nach vorn.

Meike lachte. „Ja, ohne Oma!"

Das Essen verlief so wie immer in den letzten Wochen. Helga erzählte und erzählte und erzählte. Alle Versuche, ein Gespräch zu beginnen, scheiterten kläglich. Es blieb bei Helgas Monolog. Ralf hatte seiner Frau zur Begrüßung einen liebevollen Kuss gegeben und war nach dem Essen sofort bereit, mit ihr und den Kindern eine Runde spazieren zu gehen. Alexander nahm sein Waveboard und Björn seinen Roller mit und so verließ Familie Schmidt das Haus zu einem Sonntagabendspaziergang ohne Helga. Ralf nahm Meike an die Hand und sie schlenderten still hinter ihren Kindern her.

„Wann wird deine Mutter ausziehen?" Meike wollte diesen Augenblick der Friedlichkeit nicht zerstören, aber sie musste es loswerden.

Ralf blickte sie unentschlossen an. „Meike, Schatz, was soll ich denn tun? Sie ist doch meine Mutter. Wir sind ihre Familie."

Meike hielt an und stellte sich vor ihren Mann. Sie sah ihm tief in die Augen. „Aber sie macht unsere Familie kaputt. Es ist unser Zuhause. Du hast gesagt, es ist nur eine Übergangszeit."

Ralf nickte. „Ja, und das ist es auch. Ich suche ja schon eine neue Bleibe. Aber das ist nicht so einfach. Entweder sind die barrierefreien Wohnungen viel zu teuer oder belegt. Was soll ich denn machen? Ich kann doch nicht extra für meine Mutter ein neues Altersheim bauen." Er lachte.

Meike fand das gar nicht lustig. „Entweder sie geht, oder ich werde gehen."

Ralfs Lachen erstarb augenblicklich. „Ist das dein Ernst? Du willst mich erpressen? Ich soll mich zwischen meiner Mutter und dir entscheiden?"

Meike hielt dem Blick stand. „Ja!"

Dann stellte sie sich wieder neben ihn und sie liefen schweigend weiter. Noch immer hielt Ralf ihre Hand. *Ist das ein gutes Zeichen?* Meike war sich unsicher, sie hatte Angst. Was, wenn er sich gegen sie entschied? War sie vielleicht zu weit gegangen? Sie wusste ja nicht einmal, wohin sie gehen sollte. Es war einfach so über ihre Lippen gehuscht, bevor sie es verhindern konnte. Aber jetzt war es ausgesprochen.

Francis stieg aus dem Taxi, zahlte und ging langsam mit ihrem Rollkoffer auf den Hauseingang zu. Harrys Fahrrad stand an ihren schönen Hibiskusbusch gelehnt und sein Helm lag achtlos daneben. Sie verdrehte genervt die Augen. Wie oft hatte sie diesem Kind schon gesagt, er solle sein Fahrrad gleich wieder in die Garage schieben und den Helm dranhängen. Jetzt war er zwölf, fast dreizehn und hatte es immer noch nicht verinnerlicht. Vorsichtig schloss sie die Haustür auf und betrat den Flur. Na ja, wenigstens ein bisschen hatten sie aufgeräumt. Marcs Schuhe standen am Platz und auch die Jacken hingen ordentlich an der Garderobe. Sie legte die Schlüssel in die Schale und stellte Marcs Arbeitstasche mit einem Handgriff zur Seite, dann hängte sie ihren Mantel auf und schob den Koffer in den Hauswirtschaftsraum. Sie wollte nachher gleich den Koffer leerräumen und eine Waschmaschine anstellen.

Sie schnupperte. Es roch nach Fisch. Marc war offensichtlich mit der Zubereitung des Abendessens beschäftigt.

„Jane, nicht doch. Ich hatte dir gesagt, ich brauche das Olivenöl, nicht das Wallnussöl. Jetzt nimm endlich die Kopfhörer aus den Ohren und hör mir zu", schnaubte Marc lautstark seine Tochter an. Francis lächelte. Sie blieb noch eine Weile im Flur stehen und lauschte.

„Harry, leg endlich das Handy weg und deck den Tisch. Eure Mutter müsste jeden Augenblick eintreffen."

„Aber Dad!", maulte Harry.

„Nein, nicht aber Dad. Du hast das Handy für Notfälle bekommen, also leg es weg und mach, was du sollst! Jane, holst du mir nun endlich das Olivenöl?" Marc war hörbar genervt.

Leise schlich sich Francis an der Küche vorbei und die Treppe hoch ins Schlafzimmer. Diese traute Dreisamkeit wollte sie auf keinen Fall stören. Sie holte ihre Schachtel Zigaretten aus der Nachttischschublade und ging hinaus auf den Balkon, um gemütlich, vor sich hin grinsend, eine zu rauchen. *Oh ja, mein Liebster*, dachte sie, *bald wirst du noch viele solcher schönen Momente mit deinen Kindern erleben*. War sie ein bisschen fies? Nein, war sie nicht. Ihr innerer Schweinehund nannte es ausgleichende Gerechtigkeit.

Die Adventszeit verstrich wie im Flug. Das milde Wetter ließ nicht wirklich weihnachtliche Gemütlichkeit aufkommen und so richtig schmeckte der Glühwein auch nicht. Meike,

Susi und Francis hatten sich auf dem Weihnachtsmarkt verabredet und hielten sich bereits seit einer geschlagenen Stunde beim ersten Glühwein auf.

„Das Wetter macht mich alle", stöhnte Meike. „Seit gestern habe ich Kopfschmerzen und weiß nicht so richtig, ob nun das Wetter oder Helga der Auslöser ist."

Helgas neuste Errungenschaft, ein altes Grammophon, quälte Meike nun bereits ab sieben Uhr morgens. Ralf hatte seine Mutter gebeten, die Deckchen überall wieder zu entfernen und sie nur in ihrem Zimmer auszulegen. Natürlich war sie der Bitte ihres Goldjungen nachgekommen, aber kaum hatte Ralf ihr den Rücken gekehrt, hatte Helga Meike böse angefunkelt. Sie ahnte, dass Meike dahintersteckte und mit Ralf geredet haben musste. Es war ein offensichtlicher Konkurrenzkampf zwischen Ehefrau und Schwiegermutter ausgebrochen. Ein bisschen hatte Meike das Gefühl, Ralf genoss die doppelte Aufmerksamkeit.

Die drei Freundinnen beschlossen, den Rundgang auf dem Weihnachtsmarkt abzubrechen und stattdessen zu Charly's auf ein Glas Sekt zu gehen. Eine halbe Stunde später saßen die Damen in dem kleinen gemütlichen

Restaurant und tranken ein Glas gut gekühlten Sekt. Ein paar Nüsse und Cracker dazu und schon wurde die Stimmung etwas besser.

„Ich denke, wir lassen das Plätzchenbacken in diesem Jahr ausfallen", meinte Francis trocken und lachte.

Susi guckte gespielt schockiert. „Jetzt, wo ich mich endlich damit arrangiert habe und gerade dieses Jahr ein eigenes Rezept in die Gruppe einbringen wollte!"

Jetzt musste auch Meike herzhaft lachen. „Ausgerechnet du?"

Susi war nicht wirklich ein Hausfrauentyp. Sie war so viele Jahre Single gewesen und konnte sich ein Leben, wie es ihre Freundinnen führten, einfach nicht vorstellen. Sie war kein Hausmütterchen, sie war eine Karrierefrau. Sie reiste durch die Welt und hatte nie eine lange Beziehung zu einem Mann gehabt, das passte einfach nicht in ihr Leben. Bis Peter kam und sie plötzlich und unerwartet schwanger wurde. Es war ein Schock damals gewesen, für alle. Und plötzlich hatte sie Verantwortung, es drehte sich nicht mehr alles nur um sie und – Susi war verliebt. Unsterblich verliebt. Das alles war für die Workaholic-Frau eine enorme Umstellung gewesen, aber mit Peter und dank der Unterstützung ihrer Freundinnen hatte sie das irgendwie auf die

Reihe bekommen. Und jetzt, nach sechs Jahren, konnte sie bei Themen wie die neusten Kochrezepte, die neusten Methoden, um Flecken aus Jogginghosen zu entfernen, und eben auch neue Plätzchenrezepte mitreden.

Manchmal machte es Susi Angst. Es war schon eigenartig, wie sich ihr Leben von jetzt auf gleich verändert hatte. Neue Clubs, neue Cocktails, neue Männer hatte sie eingetauscht gegen neue Haushaltstipps, neue Kochrezepte und Erziehungsratgeber.

„Was haltet ihr davon, wenn wir dieses Jahr Weihnachten gemeinsam feiern?" Francis kam der Gedanke spontan.

„Na, kommen denn deine Eltern und Schwiegereltern nicht?" Susi sah Francis verblüfft an. Heiligabend verbrachten sie eigentlich immer im Kreise ihrer Familien. Bei ihr bedeutete das, dass Peters Schwester Anna mit ihrer Frau Maria bereits zum Kaffeetrinken vorbeikämen und Rosalie mit Geschenken überhäuften. Das Angenehme war, dass Rosalie aufgrund der vielen Geschenke und der vollen Aufmerksamkeit kein bisschen zickig wäre. Sie würde auf Händen getragen und das Kind genoss diesen Zustand. Susi hatte sich schon öfter gefragt, ob ein Geschwisterchen nicht besser wäre, um die Aufmerksamkeit zu teilen. Sicher würde das Rosalie gut tun. Aber ein zweites Kind? Wieder die vielen Monate, in denen sie Unmengen von Essen wahllos in sich hineinschlang und am Ende aussah wie ein Walross? Und dann die Geburt! Sie hatte solche Schmerzen gehabt. Und all den Frauen, die sagten, ach, das vergisst man gleich wieder, sobald das Kind erst da ist, hätte sie am liebsten ins Gesicht geschrien: Nein, das ist eine Lüge! Sie konnte sich noch immer an die schmerzhafte Geburt erinnern.

Francis riss sie aus ihren Gedanken: „Meine Eltern sind doch in diesem Jahr zwei Wochen auf Kreuzfahrt in der Karibik und meine Schwiegereltern wollen im Moment nicht fliegen, da Ester gerade erst an der Hüfte operiert worden ist. Folglich sind wir dieses Jahr Weihnachten ganz allein."

„Und was soll ich mit Helga machen?" Meike gefiel der Gedanke, aber sicher würde sie Ralf nicht davon überzeugen können, Heiligabend ohne seine Mutter zu verbringen.

„Du hast doch mal erzählt, Helga hat noch eine Schwester irgendwo in Oberfranken. Meinst du nicht, es wäre schön, wenn sich die beiden nach so langer Zeit mal wieder sehen und ein paar Tage miteinander verbringen würden?" Francis lächelte verschwörerisch.

Das war eine wirklich gute Idee. Ralfs Tante Else konnte Meike schon immer gut leiden. Sicher würde sie ihr den Gefallen tun. Die alte Dame war ein paar Jahre jünger als Helga und echt gut drauf. Hin und wieder besuchte Else sie und dann war es immer lustig. Meistens verband sie einen Besuch mit dem Oktoberfest, das sie jedes Jahr besuchte. Tante Else war so was wie eine moderne Rentnerin, die ihr Rentnerdasein und die finanziellen Möglichkeiten voll auskostete.

„Ich rufe sie gleich heute Abend an."

„Na ja und du, Susi, kannst doch Anna und Maria einfach mitbringen. Jane wird sich freuen. Die beiden können einfach gut mit Kindern."

Mit einem weiteren Glas Sekt wurde es beschlossen: Heiligabend sollte in diesem Jahr gemeinsam gefeiert werden.

5. Kapitel

Francis saß in eine Decke gehüllt auf ihrem kleinen Balkon, zog an ihrer Zigarette und blickte in den schneebedeckten Garten. Ein bisschen rauchte noch das, was bis vor ein paar Stunden ihr wunderschöner Weihnachtsbaum war. Es war nicht sehr kalt, so um die null Grad. Für diese Jahreszeit viel zu warm, aber es hatte vergangene Nacht geschneit und so sah der Garten unter der dünnen Schneedecke bezaubernd und irgendwie friedlich aus. Der Winter hatte auch seine schönen Seiten. Francis liebte den Schnee. Er ließ die Welt so sauber aussehen. Als Kind hatte sie immer, wenn es schneite, auf dem Balkon gestanden und die Hand nach den großen Schneeflocken ausgestreckt. Sie war fasziniert gewesen von der Einzigartigkeit der Flocken und hatte lange gebraucht, bis sie verstand, warum sie immer sofort in ihrer Hand schmolzen. Na ja, sie war damals vielleicht fünf gewesen.

Der Gedanke an ihre Kindheit ließ sie schmunzeln. Sie blies den Rauch ihrer Zigarette in die klare Nacht. Aber ihre Gedanken schweiften ab. Was für ein Tag! Der erste Heiligabend ohne ihre Eltern und Schwiegereltern. Der erste Heiligabend mit ihren Freundinnen – und dann endete er in einer solchen Katastrophe! Wie konnte es nur so weit kommen?

Am Morgen war Francis nach einer erholsamen Nacht gut gelaunt aufgewacht. Etwas schlaftrunken bemerkte sie, dass die Betthälfte neben ihr bereits leer und kalt war. Sie blinzelte auf die Uhr. Es war bereits neun Uhr. Das hieß Marc war bereits seit gut zwei Stunden aus dem Haus. Er ließ es sich nicht nehmen, jedes Jahr an Heiligabend allen Mitarbeitern im Verlag ein kleines Weihnachtspräsent zu überreichen und sich für die gute Zusammenarbeit zu bedanken. Es gab dann für alle im Verlag ein kleines Sektfrühstück, bevor man sich in die Feiertage verabschiedete. Es war eine schöne Geste, Danke zu sagen. Vor ein paar Jahren, als es dem Verlag aufgrund der Wirtschaftskrise finanziell sehr schlecht gegangen war, hatten sie sich auf alle Mitarbeiter verlassen können. Sie hatten auf die Bezahlung von Überstunden verzichtet und sich durch Ideen und notwendige Umstrukturierungen aktiv in die Rettung des Verlags eingebracht. Gemeinsam hatten sie alle eine anstrengende Zeit durchgemacht.

Es war ein tolles Team, es war ein toller Verlag.

Francis blieb am Heiligabend meistens zu Hause. Auch wenn sie die Menschen im Verlag mochte und selbst ein Teil des großen Ganzen war, so wollte sie doch gemeinsam mit ihren Kindern den Baum schmücken und das Essen vorbereiten. Sie hatte bereits am Vortag ihre Runde gemacht und allen ein besinnliches Weihnachten gewünscht.

Francis streckte sich noch einmal in ihrem schönen warmen Bett und stand dann langsam auf. Draußen hatte es geschneit. Die Bäume im Garten waren mit weißem, in der Sonne glitzerndem Schnee bedeckt. Es sah toll aus. Francis öffnete die Balkontür und atmete die klare Luft tief ein. Dann huschte sie schnell ins Badezimmer und machte sich fertig.

Im Haus war es noch still. Ihre Kinder hatten bereits das Alter erreicht, in dem man sehr lange morgens im Bett blieb. Dennoch, heute war Heiligabend und sie wollte gern mit ihren Kindern gemeinsam frühstücken. Sie öffnete vorsichtig Janes Tür. Jane lag ruhig atmend in ihrem Bett. Francis ging zum Fenster, zog die Vorhänge zur Seite und öffnete das Fenster.

„Grrr! Muss das sein?", schnaufte Jane.

„Ich wünsche dir auch einen schönen guten Morgen, mein Kind. Aufstehen. Ich mache Frühstück." Heute war es völlig sinnlos, Francis anzumaulen.

Gut gelaunt ging sie in Harrys Zimmer. Zu ihrer Überraschung schlief er nicht mehr. Er lag mit seinem Nintendo im Bett und zockte. „Morgen, Mom.", nuschelte er.

„Guten Morgen, Schatz. Steh auf, zieh dich an und komm runter. Ich mache Frühstück." Sie zog auch hier noch schnell die Vorhänge auf und öffnete das Fenster zum Lüften. In der Küche stellte sie das Radio an und trällerte „Last Christmas I gave you my heart ...", während sie das Frühstück vorbereitete. Jane und Harry kamen sogar pünktlich an den Tisch und so starteten sie diesen herrlichen Tag gemeinsam. Beide Kinder räumten danach den Tisch ab und halfen Francis noch schnell ein bisschen aufzuräumen und sauber zu machen. Sie erkannte ihre Kinder nicht wieder. *Könnte es nicht öfter Weihnachten sein?*, dachte sie still vor sich hinlächelnd. Sie holten alle Kisten mit dem Baumschmuck der letzten Jahre aus dem Keller und überlegten, wie sie ihn wohl in diesem Jahr schmücken würden.

„Ich mag lieber den Holzschmuck", sagte Jane.

„Och nö, die blauen Kugeln und die bunten Lichter würde ich besser finden", meinte Harry.

„Mom?" Sie blickten fragend auf ihre Mutter.

„Eigentlich möchte ich mal etwas ganz anderes." Francis hatte eine geniale Idee. „Ich habe doch noch eine Kiste, in der ich all eure Basteleien aufgehoben habe. Ich möchte gern einen Baum mit all euren schönen Erinnerungen an die vergangenen Weihnachtsfeste."

Sie holten die Kiste und zogen eins nach dem anderen heraus. Janes erste Weihnachtskarte aus der Kita. Es war ein rotes Herz mit ihrem Handabdruck darauf. In der Karte standen von der Erzieherin geschriebene Weihnachtsgrüße. Und Harrys erstes selbstgebasteltes Weihnachtsgeschenk, ein kleiner Schneemann aus weißen Styroporkügelchen. Jane holte den Nähkasten und so versahen sie alle kleinen Basteleien und Geschenke mit einem Faden und hängten sie an den Baum. Weihnachtskarten, gemalte Bilder, Fotos, ein kleiner Holzengel, ein Schneemann, ein Weihnachtsmann … Im Laufe der Jahre war so einiges zusammengekommen. Es war ein sehr lustiges Baumschmücken, da die Kinder unglaublich viel Spaß daran hatten, ihre kleinen Kunstgegenstände zu bestaunen. Francis hatte an jeden das Datum und den Namen des Kindes geschrieben. Sie holte eines heraus und ließ die Kinder raten, wer dies wohl gefertigt habe und wie alt derjenige gewesen war. Es war ein Spaß! Nach fast zwei Stunden hatten sie den Baum geschmückt und er sah wirklich einzigartig aus.

„Lichterkette oder echte Kerzen?" Francis sah ihre Kinder fragend an.

„Natürlich echte Kerzen!", murmelte es aus dem Hintergrund.

„Daddy!" Jane sprang als Erste auf. Sie war noch immer Marcs kleine Prinzessin. Und hin und wieder war sie auch noch sein kleines Mädchen und sprang ihrem Vater um den Hals.

„Na, ihr seid ja schon fertig." Liebevoll gab er seiner Frau einen Kuss.

„Hast du an die Getränke gedacht?"

Der erschrockene Gesichtsausdruck sagte alles. „Ich fahre gleich noch mal los." Ein entschuldigendes Lächeln huschte über sein Gesicht. Francis hatte sich fest vorgenommen: *Heute wird ein toller Tag und es wird keinen Ärger geben.* Also nickte sie verständnisvoll und holte die echten Kerzen. Marc behielt sich jedes Jahr vor, die Kerzen und den Engel selbst auf den Baum zu stecken.

Und schon war er fertig, ihr wunderschöner Weihnachtsbaum. Sie sah auf die Uhr.
Ihre Gäste würden gegen fünfzehn Uhr er-
scheinen, also hatte sie nur noch knapp zwei
Stunden Zeit, um die Kaffeetafel vorzubereiten. Und Marc musste noch einmal los, um
Getränke zu kaufen.

„Wer hilft mir beim Kaffeetischdecken?"

Marc zog sich die Jacke über und griff nach
seinem Portemonnaie. „Bin gleich wieder da."

Gleich, sein Lieblingswort, dachte Francis.
Es würde wohl eine Weile dauern, bis ihr Göttergatte wieder zurück war. „Denk daran, die
Gäste kommen um drei!", rief sie ihm noch
nach.

Jane war bereits auf dem Sprung nach
oben. „Ich muss noch ein paar Geschenke
einpacken." Und auch Harry bewegte sich in
Richtung Treppe. „Ja, Mom, ich muss noch
ein bisschen mein Zimmer aufräumen. Sonst
gerne."

Grrr! Typisch. Dann blieb also alles wieder
an ihr hängen, dachte Francis erbost. Aber sie
wollte sich ja heute nicht ärgern. Und so
schluckte sie ihren heraufziehenden Ärger
hinunter und begann die Tafel herzurichten,
den Stollen aufzuschneiden und den Kaffee
aufzusetzen. Die Zeit verging, aus der Musik-
anlage ertönten leise weihnachtliche Klänge

des Dresdner Sinfonieorchesters und es duftete bereits nach frisch gebrühtem Kaffee.

Francis warf einen Blick auf die Uhr. Es war viertel vor drei. Noch immer keine Spur von Marc. Typisch! Er wusste, wie sehr sie auf Pünktlichkeit bestand, vor allem, wenn sie Besuch erwarteten. Aber heute wollte sie sich nicht ärgern, also steckte sie das Handy zurück in ihre Handtasche. Nein, heute würde sie ihm nicht nachtelefonieren. Sie rief die Kinder. Jane hatte sich ein hübsches Kleid angezogen und auch Harry hatte ein ordentliches Hemd an. Ein wenig Wehmut legte sich um ihr Herz. Wie groß die beiden doch schon waren!

Endlich. Um fünf vor drei hörte sie Marcs Wagen in die Garageneinfahrt fahren. Sie blickte durch das Fenster im Flur und sah, dass auch Meike und Ralf gerade eingetroffen waren. Herzlich begrüßten sich die Männer in der Einfahrt. Familie Schmidt war vollzählig. Sogar ihr Ältester, Marcus, war mitgekommen. Francis lächelte. Gott sei Dank war ihr Plan aufgegangen und Schwiegermutter Helga verbrachte, nicht ganz ohne Protest, die Weihnachtsfeiertage bei ihrer Schwester Else. Francis öffnete die Tür. Marc stellte die Getränkekästen natürlich mitten im Flur ab.

„Kannst du sie nicht gleich in den Keller bringen?", knurrte Francis ihn an.

Marc verzog sein Gesicht zu einem breiten Lächeln. „Natürlich, Schatz, aber lass mich doch erst mal die Schuhe ausziehen, du hast doch sicher gewischt."

Grrr! Sie hasste es, wenn er sie mit ihren eigenen Waffen schlug. Also warteten ihre Gäste noch ein Weilchen vor der Tür, bis der Herr des Hauses endlich seine Schuhe ausgezogen hatte und den Flur freiräumte.

Meike drückte ihre Freundin herzlich. „Frohe Weihnachten!"

Ein paar Minuten später trafen auch Susi und Peter ein. Susis Gesicht sprach Bände. Sie war stinksauer auf Peter. Sie hatten sich auf der Fahrt mächtig gestritten – wobei, richtigerweise musste man sagen: Susi hatte gestritten. Rosalie wollte lieber bei ihrer Tante Anna mitfahren und so hatte Susi auf der Fahrt Gelegenheit, ihrem ganzen Ärger Luft zu machen: Sie hatte für Rosalie in dem kleinen niedlichen Spielzeugladen mitten in der Fußgängerpassage ein wunderschönes Spiel aus Holz gekauft. Es war ein Spiel für die ganze Familie mit kleinen handgefertigten Holzfiguren. Sie hatte es liebevoll eingepackt und war sich eigentlich sicher gewesen, dass

Peter genauso begeistert über Rosalies Weihnachtsgeschenk war wie sie. Und eigentlich waren sie sich einig gewesen, dass das Kind nicht dieses superteure Barbietraumhaus bekommen sollte. Als sie jedoch vorhin die Klappbox mit den Weihnachtsgeschenken in den Kofferraum von Peters Wagen stellen wollte, stand da bereits ein sehr großes Geschenk. Sie hätte nicht im Traum an das Barbietraumhaus gedacht, aber mit einem verschmitzten Lächeln gestand Peter ihr, dass er einfach nicht hatte widerstehen können. Er hatte tatsächlich dieses Puppenhaus gekauft. Susi war wütend, nein, besser gesagt, sie war stinksauer. Wie konnte er sie nur so übergehen! Mal wieder! Sie hatte sich so viel Mühe gegeben, für jeden ein kleines individuelles Geschenk zu kaufen. Und dieses Spiel sollte für die Familie sein. Sie hatte sich in Gedanken ausgemalt, wie sie zu dritt nachmittags bei ungemütlichem Regenwetter am großen Tisch saßen und gemeinsam spielten. Ohne Anna, ohne Maria, einfach nur Mama, Papa und Kind. Aber nun wusste sie ganz genau, dass Rosalie ihrem Geschenk nicht eine Minute Beachtung schenken würde.

Meike begrüßte Susi herzlich und nahm sie in den Arm. Susi war nicht mehr weihnachtlich zumute, ihr war nach heulen. Aber sie riss sich zusammen – Francis hatte alles so schön vorbereitet und es roch verlockend nach Kaffee und Kuchen.

Anna und Maria trafen mit Rosalie nur wenige Minuten nach ihnen ein. Susis Laune verbesserte sich auch ein bisschen, als sie endlich alle am Tisch saßen und gemeinsam Kaffee tranken. Es wurde erzählt, gelacht und geklatscht. Die Kinder hatten alle etwas vorbereitet, bis auf Marcus. Er fühlte sich eher zum Kreis der Erwachsenen zugehörig, was mit neunzehn Jahren auch völlig in Ordnung war. Rosalie hatte eine wunderschöne Stimme und sang, begleitet von Marc am Klavier, Weihnachtslieder vor. Susi hatte sogar ein Tränchen im Auge, so schön sang ihre Tochter. Harry und Jane hatten einen Weihnachtssketch vorbereitet, der alle köstlich amüsierte. Björn trug ein Gedicht vor und Alexander spielte auf der Gitarre. Es war ein sehr schöner weihnachtlicher Nachmittag. Bis dahin.

Susi hatte fast ihren Ärger vergessen, aber dann ging es an das Geschenkeverteilen. Zuerst die Kinder natürlich. Björn bekam sein ersehntes Waveboard, Alexander sein Longboard, Jane bekam das gewünschte Beautycase und Harry seinen neuen Basketball mit

einem handsignierten Basecap von Dirk Nowitzki. Marc hatte es von seinem letzten USA-
Besuch bei seinen Eltern mitgebracht. Harry
sprang vor lauter Freude seinen Eltern um
den Hals. Tja, und dann kam Rosalie an die
Reihe. Sie wollte natürlich sofort das große
Geschenk aufmachen. Sie kreischte und
hüpfte vor Begeisterung um den Tisch. Susis
Miene wurde immer finsterer. Francis lächelte
sie aufmunternd an. „Ach, komm schon, sie
freut sich."

Dann überreichte ihr Susi das zweite Geschenk. Und sie hatte es vorausgesehen. Es
wurde nicht einmal richtig angeschaut. Rosalie packte es in Windeseile aus, warf einen
kurzen Blick darauf und legte es vor Susi ab.
„Hier, Mama, das brauche ich nicht."

Das war's. Stocksauer verließ Susi das
Wohnzimmer. Peter wollte hinterher, aber
Francis hielt ihn zurück. „Lass uns das machen." Sie nickte Meike kurz zu und gemeinsam folgten die beiden Frauen ihrer Freundin
in die Küche.

„So ist das immer", schimpfte Susi. „Immer macht er so was. Immer übergeht er
mich. Wir waren uns einig. Ich habe nein gesagt. Immer bekommt sie ihren Willen." Vor
lauter Wut liefen ihr die Tränen über das Ge-

sicht. Francis und Meike wussten nicht wirklich, was sie sagen sollten. Susi hatte ja recht. Aber war es ratsam, jetzt noch Öl ins Feuer zu gießen? Dann wäre der schöne Weihnachtsabend gänzlich ruiniert.

„Es ist Weihnachten. Komm schon, Susi. Er hat es doch nur gut gemeint. Er hat seine Eltern so früh verloren, er möchte doch nur seinem Kind eine Freude machen."

Meike versuchte verständnisvolle Worte zu finden, obwohl gerade sie genau wusste, was in Susi vorging.

„Ich habe auch meine Eltern früh verloren, trotzdem muss ich meinem Kind nicht alles hinten reinschieben."

Francis nahm sie tröstend in den Arm. „Das wissen wir doch. Aber meinst du nicht, wenn sich die erste Freude über das blöde Barbiehaus gelegt hat, wird sie sich auch über das Spiel freuen?"

Susi schluchzte.

„Und guck mal, das blöde Barbiehaus wird irgendwann uninteressant. Auch Rosalie wird älter. Aber das Spiel, das wird sie ewig haben und sich immer wieder daran erinnern, dass sie das von ihren Eltern zu Weihnachten bekommen hat. Vielleicht spielt sie es sogar später mal mit ihren Kindern. Das ist doch was für immer." So schnell gab Meike nicht auf.

Langsam beruhigte sich Susi wieder. „Meint ihr?"

Francis und Meike nickten schnell. „Ja, klar doch."

Jetzt rang sich Susi ein kleines Lächeln ab. Nebenan wurde noch immer gelacht und gemurmelt.

„Komm, lass uns wieder zu den anderen gehen, ich habe auch noch Geschenke zu verteilen." Francis hakte sich bei Susi ein und Meike tat es ihr gleich. Und so schlenderten sie wieder ins Wohnzimmer. Peter und auch Anna schauten mit einem Wir-haben-ein-schlechtes-Gewissen-Blick auf. Susi nickte mit einem Ist-wieder-gut-Blick beiden zu. Erleichtertes Lächeln machte sich breit. Francis holte die Weingläser und Marc den guten Rotwein. „Auf einen schönen Heiligabend. Wir freuen uns, dass ihr da seid."

Der restliche Abend verlief entspannt. Die Frauen bereiteten das Abendessen vor – man hatte sich für Raclette entschieden – und die Männer standen draußen im Garten und begutachteten Marcs aufwendige Weihnachtsbeleuchtung. Nach dem Essen verschwanden die Kinder in Harrys Zimmer. Marc hatte dort ausnahmsweise einen Fernseher platziert, damit die Kinder in Ruhe Weihnachtsfilme schauen konnten. Die Erwachsenen saßen mit ihren frisch gefüllten Weingläsern zusammen und spielten Kniffel.

„Wir möchten euch gern etwas sagen." Anna wirkte nervös. Maria lächelte sie aufmunternd an.

„Wir beide möchten ein Kind."

Susi lächelte. Das würde bedeuten, Rosalie bekäme Konkurrenz. „Ja, geht denn das so einfach? Ich meine, ihr seid ein gleichgeschlechtliches Ehepaar im katholischen Bayern! Meint ihr, die Behörden stimmen einer Adoption zu?" So hart wollte es Francis gar nicht aussprechen, aber sie hatte recht.

„Na ja, wir dachten an eine Samenspende."

Peter lächelte. „Ich finde das großartig."

„Samenspende?"

„Ja, warum nicht? Es ist möglich. Wir sind eine eingetragene Lebensgemeinschaft mit gesichertem Einkommen und es gibt Samenbanken, die es gleichgeschlechtlichen Paaren ermöglichen, Kinder zu bekommen und eine Familie zu gründen."

Meike schaute etwas ungläubig. „Hmm. Und die rechtliche Seite?"

„Wird alles mit Notarverträgen geregelt."

Francis hob ihr Glas. „Na, dann lasst uns anstoßen. Auf dass wir im nächsten Jahr Familienzuwachs erwarten!"

Das Lachen wurde durch das Klingeln eines Handys unterbrochen. Ralf räusperte sich. „Entschuldigt mich kurz."

Meike sah ihrem Mann fragend nach, während er unbeholfen sein Handy aus der Hosentasche kramte und den Raum verließ.

„Dann lassen wir ihn eine Runde aus", entschied Susi.

Nach wenigen Minuten kam Ralf mit blassem Gesicht zurück.

„Was ist los?" Meike sah ihren Mann fragend an.

Er räusperte sich. „Das war meine Mutter."

„Und?"

„Ihr geht es nicht so gut. Sie hat sich wohl den Magen verdorben."

Meike verstand nicht.

„Sie sitzt schon im Taxi."

Meikes Miene verdunkelte sich. „Das ist jetzt nicht dein Ernst?"

Ralf fühlte sich sichtbar unwohl in seiner Haut. Stilles Schweigen durchzog den Raum.

„Was soll ich denn machen? Ihr geht es nicht gut."

Meike stand auf. „Dir ist schon klar, dass sie das mit Absicht macht? Du warst einverstanden, dass wir ein paar Tage nur für uns haben, ohne deine Mutter. Eine Magenverstimmung kann sie auch bei Else auskurieren!"

„Aber Meike, wenn es der Frau doch nicht gut geht. Ich würde auch lieber nach Hause wollen, wenn ich krank wäre." Peter verstand die Situation nicht ganz.

„Und genau, Peter, das ist das Problem! Es ist mein Zuhause, in dem sie sich seit Monaten breitmacht, weil mein Mann es nicht übers Herz bringt, seine Mutter in einem betreuten Wohnen unterzubringen. Ich wette, dass sie bereits morgen früh in meiner Küche steht und meinen Weihnachtsbraten anbrät. Es ist aber meine Küche und mein Weihnachtsbraten und ich möchte endlich mein Zuhause wiederhaben!"

Ralf hatte seine Farbe und Stimme wieder. „Du übertreibst natürlich wieder maßlos. Sie meint es doch nur gut. Und es kommt dir doch nur zugute, dass sie sich um alles kümmert. Jetzt hast du viel mehr Zeit für dich."

Meike schnappte nach Luft. „Bitte, was?"

Francis sah sich hilflos um. Ihr schöner Weihnachtsabend drohte zu eskalieren. „Bitte, jetzt beruhigt euch doch."

In diesem Augenblick klingelte es an der Tür.

„Oh, ich dachte sie sei erst losgefahren." Meikes Augen wurden immer größer. „Du hast ihr gesagt, sie kann hierherkommen?"

„Na, zu Hause ist doch niemand. Da wäre sie doch allein, und da dachte ich …"

„Du dachtest?"

So wütend hatte noch keine ihrer Freundinnen Meike gesehen. Meike behielt doch immer die Fassung! Sie war doch immer die Ruhige. Sie schlichtete jeden Streit. Erst jetzt wurde Francis bewusst, wie viel Wut sich seit Monaten in Meike aufgestaut haben musste.

Meike lief in den Flur, schnappte sich ihren Mantel und rannte durch die Terrassentür hinaus. Dabei rammte sie den schönen Weihnachtsbaum, der an der Seite stand, mit seinen tropfenden Kerzen. Und jetzt lief vor Francis' Auge alles wie in Zeitlupe ab. Der Baum schwankte erst langsam, dann neigte er sich ganz deutlich und dann kippte er einfach um. Unter dem Baum lag noch das Geschenkpapier, das sofort Feuer fing. Wie erstarrt stand Francis am Tisch, unfähig, sich zu bewegen. Marc schrie laut auf, sprang über den Tisch, schmiss dabei die Rotweinflasche um, blieb am Stuhl hängen und knallte zu Boden. Peter schnappte nach Francis' Lieblingskuscheldecke und schrie: „Wir müssen das Feuer ersticken!"

Susi rannte in die Küche, um Wasser zu holen. „Francis, wo verdammt noch mal hast du deine Eimer?"

Anna war bereits in die Gästetoilette gestürmt. „Ich habe einen kleinen gefunden!"

Maria zog ihr Handy und wählte den Notruf.
An der Tür klingelte es erneut …

Francis zog langsam an ihrer Zigarette. Es war bereits die dritte in dieser Nacht. Irgendwie hatten sie es geschafft, das Feuer zu löschen. Marc hatte eine kleine Brandverletzung an der Hand und einen großen blauen Fleck am Knie. Peter hatte ein paar Brandlöcher in seiner neuen Anzughose und Francis ein Wohnzimmer, das von Grund auf saniert werden musste. Die Wände waren schwarz, die Polster der Stühle voller Rotweinflecken und der Gestank war grauenhaft. Die Kinder hatten vom ganzen Trubel nichts mitbekommen, Walt Disney sei Dank.

Ralf hatte sich tausendmal entschuldigt und war mit seiner durchfrorenen Mutter nach Hause gefahren. Meike hatte eine stammelnde Entschuldigungsnachricht auf dem

Anrufbeantworter hinterlassen. Es tat ihr unendlich leid, das wusste Francis.

Marc schob leise die Balkontür auf. „Die Kinder schlafen ruhig, ich habe uns einen Glühwein gemacht. Kriege ich auch eine Zigarette?"

Francis sah ihn überrascht an. „Du rauchst doch gar nicht?"

Er grinste. „Heute schon."

Sie standen noch eine Weile schweigend und rauchend auf dem Balkon. Ihr schöner Weihnachtsbaum! Die ganzen Erinnerungen der Kinder! Weg. Alles weg. Sie konnte nicht mal weinen. Der Schock saß noch zu tief.

Gott sei Dank war nichts Schlimmeres passiert. Wenn sie sich vorstellte, den Kindern wäre etwas passiert oder ihr Haus wäre abgebrannt …

„Lass uns wieder reingehen." Marc nahm sie in den Arm. „Wir malern ein bisschen drüber und dann sieht alles wieder wie neu aus, versprochen."

Ja, natürlich, dachte Francis. *Ein bisschen Farbe drüber und alles ist wieder schick. Nur leider geht das in einer Ehe nicht so einfach.* Der heutige Abend hatte ihr gezeigt, wie viel in ihren Familien im Argen lag. Und wie dringend sie hier raus mussten.

6. Kapitel

Es waren ein paar Wochen vergangen seit dem desaströsen Weihnachtsfest. Die Spuren waren beseitigt. Meike war mit hochrotem Kopf gleich tags darauf mit Eimern und jeder Menge Putzzeug erschienen und hatte versucht sich zu entschuldigen. Auch Susi war mit Peter zum Helfen gekommen. Es war ein schweigsames Vor-sich-hin-Arbeiten gewesen. Jetzt war alles wieder wie vorher, zumindest was das Äußere betraf.

Francis saß auf ihrer Couch und versuchte zu lesen, als das Telefon klingelte. Eine unbekannte Nummer.

„Jones?"

Eine aufgeregte, bekannte Stimme meldete sich. „Hallo, spreche ich mit Francis Jones?"

„Ja, am Apparat."

„Ich bin es, Frederike. Frederike Pfeffer."

Tatsächlich. Sie hatten sich ja vorgenommen, wieder Kontakt zu halten, aber meistens blieb es ja bei den guten Vorsätzen, bis man beim nächsten Klassentreffen zehn

Jahre später feststellte: Ach ja, wir wollten doch.

Sie plauderten eine Weile über das Klassentreffen und lachten über die eine oder andere Situation, bis Frederike von ihrem Kummer erzählte. Ihr Mann Hans war von der Leiter gefallen und hatte sich beide Arme und den linken Fuß gebrochen. Und nun stand sie allein da. Die Ferienzimmer für die Gäste waren noch nicht fertig, die Tiere mussten versorgt werden und in einem Monat wollten sie die Pension eröffnen. Sie war verzweifelt. Sie hatten ihre ganzen Ersparnisse in die neue Pension gesteckt und nun fehlte das Geld, um Hans zu ersetzen.

Francis schoss es plötzlich durch den Kopf: „Wir kommen und helfen dir!"

Frederike verstand nicht ganz: „Aber ich denke, dein Mann hat einen Verlag zu leiten?"

„Mit ‚wir' meine ich natürlich uns Mädels."

Sie vereinbarten das kommende Wochenende für ihre Anreise. Francis musste nur noch mit Meike und Susi sprechen. Das war die Gelegenheit, auf die sie doch gewartet hatten!

Kaum hatte Francis das Telefonat beendet, rief sie zuerst Meike an. Sie hatten in letzter Zeit recht wenig telefoniert. Meike hatte noch immer ein unendlich schlechtes Gewissen.

Das merkte Francis bei jedem Gespräch. Sie ging ihr aus dem Weg. So zögerte Meike auch jetzt.

„Sie braucht unsere Hilfe und wir brauchen auch irgendwie ihre. Also pack deine Sachen zusammen. Ich hole dich am Samstagmorgen Punkt neun ab. Und kein Wort, wohin wir fahren!"

Dann rief sie Susi an. Zu ihrem großen Erstaunen zögerte auch sie. „Was ist denn nur mit euch los? Das war doch dein Plan, Susi, und jetzt kneifst du?"

Susi dachte an Torben. Sie hatte sich mit ihm für nächste Woche verabredet und sich auf dieses Treffen gefreut. Er war so was wie ihr Hafen geworden, den sie ansteuerte, wenn ihr zu Hause alles über den Kopf wuchs. Aber sie hatte noch mit niemandem über ihn gesprochen. Auch ihre Freundinnen wussten nicht, dass es ihn gab. Aber Francis hatte recht. Es war ihre Idee gewesen und sie durfte jetzt nicht kneifen. „Wann holst du mich ab?"

„Gegen halb zehn. Bis dann."

Susi fing sofort an zu packen und dann griff sie zu ihrem Handy und rief Torben an. Sie musste ihn sehen, sie musste sich doch wenigstens verabschieden. Und natürlich hatte er Zeit. Er hatte immer Zeit für sie. Sie verabredeten sich für eine Stunde später in einem Café in der Stadt.

Als Susi ihm gegenübersaß, musste sie sich zwingen, nicht dauernd auf die Uhr zu sehen. Die Zeit verging für ihren Geschmack viel zu schnell.

Sie gingen noch ein Stück gemeinsam bis zur Straßenbahnhaltestelle. „Ich werde für eine Weile verreisen."

Sie standen sich gegenüber und Susi sah Torben in seine blauen Augen.

„Schön, wo soll's denn hingehen? Das tut euch als Familie bestimmt gut." Er lächelte sie an.

„Nein, ohne meine Familie. Ich verreise mit meinen Freundinnen. Eine ehemalige Klassenkameradin braucht unsere Hilfe. Ich weiß noch nicht, wann ich wieder zurückkomme."

Ein paar Minuten schwiegen sie sich an. Dann sah sie ihn mit traurigen Augen an. „Und ich muss mal raus. Ich kann einfach nicht mehr."

Ohne zu zögern nahm er sie in seine Arme. *Hmmm, er riecht so gut*, dachte Susi. Er hielt sie eine Weile fest an sich gedrückt und sie schloss ihre Augen und kuschelte sich an ihn.

Langsam löste er die Umarmung, aber nicht ganz. Er sah ihr tief in die Augen und dann beugte er sich zu ihr und gab ihr einen Kuss. Es war ein kurzer Kuss, aber lang genug, damit sie seine weichen, warmen Lippen spüren konnte. „Du wirst mir fehlen."

Dann ließ er sie los und stieg in die Straßenbahn.

Susi stand noch eine Weile wie benommen da und blickte der Straßenbahn nach. Er hatte sie geküsst! Einfach so. Es war kein leidenschaftlicher Kuss unter Liebenden gewesen, aber konnte dieser Kuss als freundschaftlich durchgehen? Und jetzt spürte sie es ganz deutlich: Sie würde ihn auch vermissen.

Torben saß in der Bahn und dachte darüber nach, warum er Susi so spontan geküsst hatte. Oder war es gar nicht spontan gewesen? Er dachte an Thea und die Kinder. Thea hatte kaum Zeit für die Familie. Es war schon eine Ewigkeit her, dass sie mal einen Abend aus waren oder ein längeres Gespräch geführt hatten. Meist kam sie müde und erledigt von der Arbeit. Der Sex war mehr eine Pflichtübung geworden und hatte wenig mit Leidenschaft zu tun. Aber er war eigentlich zufrieden. Er liebte seine Kinder und er liebte

Thea. Und er hatte Susi. Mit ihr traf er sich und konnte die Unterhaltungen führen, die er früher mit Thea geführt hatte. Susi füllte die Leere in seinem Leben. Sie war intelligent, witzig und sehr attraktiv. Sportlich, schlank. Und wenn sie von den Städten dieser Welt erzählte, die sie schon besucht hatte, umspielte sie mit ihren schlanken Fingern immer diese eine lockige Haarsträhne, die ihr ins Gesicht fiel. Sie war seine Freundin, sie war seine Vertraute geworden. Und jetzt hatte er sie geküsst. Einfach so. Er hatte schon öfter den Gedanken gehabt, diese Frau einfach zu küssen. Er hatte sich in letzter Zeit immer wieder dabei ertappt, wie er förmlich an ihren unglaublichen Lippen hing. Ja, er hatte sie schon öfter angesehen und gedacht: *Was für eine wundervolle Frau.* Aber er hatte eine Frau und sie hatten gemeinsame Kinder.

Auch Meike fing sofort an zu packen. Je eher sie Helga entfliehen konnte, desto besser. Sie hatte schrecklich mit Ralf gestritten an diesem Abend. Und irgendwie fanden sie keinen Weg, diesen Streit aus der Welt zu schaffen. Nicht solange Helga ihre Küche, ihr Haus, ja ihr ganzes Leben belagerte. Die Kinder waren ja umsorgt – von ihrer geliebten Großmutter –, zumindest darüber brauchte sie sich keine Sorgen machen. Jetzt lachte sie in sich hinein. Trotz des ganzen Ärgers, den sie seit Monaten ihretwegen verspürte – plötzlich hatte es auch etwas Gutes, dass Helga da war. Sie ermöglichte es Meike, einfach mal abzuhauen. Was für eine Ironie, dachte Meike. Wie hatte ihre Großmutter immer gesagt: Jedes Schlechte hat auch sein Gutes.

Und dann schrieb sie noch einen Zettel: „Ich streike! Viel Spaß mit deiner Mutter allein zu Haus."

Diesen Zettel würde sie morgen früh auf das Kopfkissen ihres Mannes legen, bevor sie losfuhr.

Francis war noch einmal einkaufen gefahren, hatte die Wäsche gewaschen und das Haus ein letztes Mal geputzt. Dann hatte sie rasch ihren Koffer gepackt und ihn in ihrem Kleiderschrank verstaut. Es war Freitagabend und die Kinder waren bereits im Bett und Marc würde erst spät nach Hause kommen. Sie ging gedanklich noch einmal alles durch. War es sehr gemein, Marc nichts von ihrem Spontanurlaub zu erzählen? Aber wenn sie es ihm erzählte, würde er es ihr erlauben? Auf der anderen Seite – brauchte sie eine Erlaubnis? Sie war hin und her gerissen. Harry und Jane waren ja eigentlich nicht mehr so klein und Marc konnte ein wunderbarer Vater sein, wenn er denn mal da war.

Sie hatte Uschi aus der Personalabteilung noch schnell eine Mail geschrieben, dass sie nur über Handy erreichbar sei und ihre Kolumne online einstellen würde. Die nächsten drei Wochen sei sie außer in Notfällen für niemanden sonst erreichbar.

Uschi war eine langjährige Freundin aus Berlin. Sie würde es verstehen. Erzählen würde sie es ihr, wenn sie wieder zurück war. Sie schlich noch einmal hoch in die Kinderzimmer und gab jedem Kind einen Kuss auf die Stirn.

Jane blinzelte: „Mama?"

„Alles gut, ich wollte nur noch Gute Nacht sagen." Dann schlich sie wieder hinaus.

Sie konnten so lieb sein, aber auch furchtbar anstrengend. Sie schrieb noch schnell Zettel und heftete sie überall dran. Wie bedient man die Waschmaschine, wo steht der Staubsauger, wann muss der Müll rausgestellt werden. Sie kümmerte sich ja um alles alleine in diesem Haushalt. Hoffentlich versanken sie nicht im Chaos! Aber dann fragte sie sich, weshalb sie sich so viele Gedanken machte. Sie trat ab sofort in den Streik!

7. Kapitel

Francis hatte beide Freundinnen pünktlich eingesammelt und nun fuhren sie mit gemischten Gefühlen durch die Landschaft. Keine traute sich das Schweigen zu durchbrechen. Sie hauten ab. Das war ein komisches Gefühl. Die Stille wurde durch einen lauten Klingelton unterbrochen.

Meike zuckte zusammen. „Das ist meins."

Susi sah sie belustigt an: „Na, das hat ja lange gedauert."

Meike zog das Handy hervor. „Es ist Helga."

Francis blickte sie streng an. „Du wirst jetzt nicht rangehen!"

Gehorsam verstaute Meike das Handy wieder in ihrer Handtasche. Jetzt mit einem breiten Grinsen. „Ich habe es lautlos gestellt."

Sie lachten. Und plötzlich machte sich eine fröhliche Stimmung breit. Sie erzählten, lachten und kicherten. Ja, es würde ein herrlicher Ausflug werden.

Wenige Stunden später bogen sie in die Einfahrt des Hofes der Familie Pfeffer ein.

Dieser bestand aus einem großen Bauernhaus, das im Fachwerkstil mit großen grünen Fensterläden sehr hübsch aussah. Links befand sich eine große Halle, der Kuhstall, und rechts eine große Scheune. Frederike kam gerade mit einer Schubkarre voller Mist aus dem Kuhstall gefahren. Sie hatte knallpinke Gummistiefel an. Die Farbe biss sich ein bisschen mit ihren roten Locken, aber so war Frederike eben. Immer knallbunt und auffallend. Der Hof war mit altem Kopfsteinpflaster vor nicht allzu langer Zeit erneuert worden.

Susi sprang als Erste aus dem Wagen und blieb mit ihren Pfennigabsätzen im Pflaster hängen. „Verdammt", fluchte sie. Frederike kam lachend auf sie zu.

„Da seid ihr ja. Ich freue mich so. Aber Susi, du kommst mit Pumps auf einen Bauernhof?"

„Kein Kommentar", schnaufte Susi und drückte ihre Freundin zur Begrüßung.

Frederike führte die drei über den Hof und zeigte ihnen alles. Es war wirklich beeindruckend, was sie hier mit ihrem Mann aus dem geerbten maroden Bauernhof gemacht hatte. Der nicht enden wollende Kuhstall beherbergte vierzig Tiere. Frederike erklärte alles ganz genau. Sie hatten den Betrieb auf ökologische Landwirtschaft umgestellt. Die Mutterkühe lebten mit ihren Kälbern zusammen und jedes Tier hatte einen Platz von fünf Quadratmetern. Sie erläuterte die Futterzusammensetzung, zeigte die beweglichen Stallwände und dann zeigte sie ihnen noch ihr ganz persönliches Projekt, den Schafstall mit der Melkanlage. Dazu mussten sie ein Stück über die Wiese laufen, da der Neubau in einigem Abstand zum Kuhstall gebaut war. Zwischen den beiden Gebäuden befand sich die Kuhwiese.

Susi schnaufte. Das war nichts für ihre Schuhe. Sie tippelte vorsichtig ihren Freundinnen hinterher und versuchte, nicht in einem Haufen Scheiße zu versinken. Und überall stank es fürchterlich! Nein, das war definitiv nicht Susis Welt. Sie bereute es in diesem Moment fürchterlich, ausgerechnet auf einen Bauernhof vor ihren Problemen davongelaufen zu sein.

Meike fand dagegen die Begehung echt toll. Sie liebte das Landleben. Die Luft stank nicht, nein, sie duftete. Sie atmete mehrfach tief ein. Im Gegensatz zu Susi hatte sie die richtigen Schuhe an. Es war ja schließlich noch Winter, auch wenn der Frühling bereits im Anmarsch war. Wie konnte man bei solchem Wetter nur

Pumps anziehen? Aber so war Susi, immer aufs Äußere bedacht.

Dass nun Susi so ein Gesicht zog und Meike wie auf Wolke sieben die Luft einatmete, konnte nun Francis gar nicht nachvollziehen. Sie waren hier, um Frederike zu helfen, und nutzten die Gelegenheit, dem Alltag zu entfliehen. Nachdem Frederike ihnen die Stallungen und Tiere gezeigt hatte, steuerten sie das große Bauernhaus an.

„Nun kommt erst mal rein. Ich zeige euch eure Zimmer und dann mache ich uns einen Tee."

Das Haus teilte sich in zwei Hälften. Hinter der großen, grün gestrichenen Eichentür am Eingang befand sich das wunderschöne, großzügige Treppenhaus. Im Untergeschoss gelangte man rechts in die Privaträume von Hans und Frederike. Links befanden sich zwei Türen. Durch die erste gelangte man in den gemütlich eingerichteten Speiseraum. Am Ende befanden sich ein Kamin und eine gemütliche Couchecke mit einem Bücherregal.

„Hier können meine Gäste abends noch etwas gesellig beieinandersitzen, wenn sie möchten. Im vorderen Bereich wird gespeist. Zunächst wollte ich nur Frühstück mit anbieten. Wenn die Pension ganz gut läuft, kann ich später noch Abendessen anbieten. Fürs Erste dachte ich an gelegentliche Grillabende im Sommer auf Bestellung", erklärte Frederike.

Es gab in der Mitte des Raumes noch eine Durchgangstür ins Nachbarzimmer. Hier verbarg sich die Küche, sie war allerdings noch im Rohzustand. „Die Küchenmöbel kommen nächsten Freitag und Hans wollte bis dahin noch die Wände fliesen und die Elektrik fertig machen. Nun habe ich einen Fliesenleger für Montag und einen Elektriker für Mittwoch bestellt. Hoffentlich klappt das alles."

Sie führte die Damen wieder hinaus und steuerte die große Treppe an. „So, dann zeige ich euch mal unser Wirkungsfeld für die nächsten drei Wochen."

Die oberen Räume, in denen in vier Wochen die ersten Pensionsgäste untergebracht werden sollten, waren noch komplett im Rohzustand. Nur vier Zimmer waren bereits fertig. In drei von ihnen waren die drei Frauen untergebracht. Es waren insgesamt zehn Doppelzimmer und zwei größere Familienzimmer mit jeweils einem kleinen Badezimmer. Die Bäder würden ebenfalls durch Fliesenleger in den nächsten zwei Wochen fertiggestellt werden, aber in den Zimmern fehlten noch die Tapeten, die Gardinen, die Laminatfußböden und natürlich mussten sie auch noch eingerichtet werden. Wie sollten das bitte schön vier Frauen schaffen?

„Wir bekommen noch Hilfe von ein paar Freunden aus der Nachbarschaft", beruhigte Frederike die verzweifelt und hilflos aussehenden Frauen.

„Also tapeziert habe ich schon sehr oft. Das kann ich", sagte Meike sichtlich stolz.

„Und die Laminatböden bekommen wir unter Anleitung auch rein. Wir haben, wie der Verkäufer mir mit einem Augenzwinkern erklärte, sehr leicht verlegbares Klicklaminat gekauft."

Frederike war nach dem Ende des Rundgangs nur noch verhalten optimistisch. Ob das eine so gute Idee war, Großstadtmädels als Verstärkung? Na ja, irgendwie würden sie es schon schaffen. Wenn Hans in vier Wochen aus der Kur zurückkam und hoffentlich wieder laufen konnte, würde er sehr stolz auf sie sein, wie sie das alles gemeistert hatte. Das hoffte sie zumindest.

Am Abend saßen sie in der gemütlich eingerichteten Bauernküche in Frederikes Wohnbereich. Sie hatten sich viel zu erzählen. Gegen zweiundzwanzig Uhr scheuchte sie jedoch die Damen hoch in ihre Zimmer. Sie musste morgens immer früh raus, um die

Tiere zu füttern. Sie hatten zwar zwei Angestellte, die den Großteil übernahmen, aber sie musste nun selbst mit ran, um Hans als dritte Arbeitskraft wenigstens ein bisschen zu ersetzen. Es waren für Michel und Franz ohnehin schon lange Arbeitstage seit dem unglücklichen Sturz ihres Chefs.

Meike bot sich ebenfalls an, mitzuhelfen. Frederike gab ihr noch die entsprechende Arbeitskleidung und dann gingen sie alle zu Bett. Und obwohl sie es sich fest vorgenommen hatten, es nicht zu tun, telefonierte jede der drei Freundinnen heimlich unter der Bettdecke mit ihren Lieben zu Hause.

Ralf zeigte Verständnis für die Auszeit seiner Frau, da auch er fand, dass sie in letzter Zeit viel zu oft stritten. Er klang sehr besorgt. Er erzählte ihr, wo er überall angerufen habe und dass er sich wirklich Sorgen gemacht hatte, meinte aber, dass es wirklich in Ordnung sei, wenn sie sich eine Auszeit nehme. Er sei wirklich nicht sauer. „Nimm dir ruhig ein bisschen Zeit für dich. Mutti ist ja da und kümmert sich um alles."

Am liebsten hätte Meike laut losgeschrien vor Wut. Genau das wollte sie nicht erreichen! Er sollte Sehnsucht nach ihr haben, sie vermissen und seine Mutter sofort ins Heim stecken, damit sie wieder nach Hause käme.

Stattdessen zeigte dieser Mann Verständnis und reagierte besonnen. Ja, sie wurde das Gefühl nicht los, dass er sich über ihren Zettel amüsierte. Sie lag noch lange wach und starrte an die frisch renovierte Decke. Vielleicht brauchte er einfach Zeit, um zu begreifen, worum es ihr ging? Er würde sie schon vermissen, ganz sicher.

Ähnlich verlief das Gespräch unter Susis Bettdecke – genau so, wie sie es erwartet hatte. Peter reagierte ja immer ruhig und verständnisvoll. Er vermied jegliche Art von Streit. Das machte es ja für Susi so schwer. Sie wollte sich mal richtig mit ihm streiten, aber immer versuchte dieser Mann, es allen recht zu machen. Er habe Rosalie von der Kita abgeholt und sie mit ins Büro genommen. Seine Sekretärin sei ja so lieb und habe sich um das Kind gekümmert. Toll! Susi grummelte. Noch eine Tante mehr, die um die Zuneigung ihrer Tochter buhlte.

Zum Abschied gab er ihr einen Kuss durchs Telefon und wünschte ihr eine schöne Zeit. *Na warte*, dachte Susi, *in ein paar Tagen wird Rosalie auch dir auf der Nase herumtanzen und dann musst du allein damit fertig werden*. Und sie dachte an Torben. Er hatte sie geküsst. Ein flüchtiger, warmer Kuss. Sie war froh, gerade jetzt weit weg zu sein. Abstand, sie brauchte Abstand. Sie musste ihre Gedanken und Gefühle dringend ordnen.

Der Einzige, der sauer war, war Marc. „Du hättest ruhig ein paar Tage eher Bescheid sagen können, wenn du so was planst. Ich habe Termine, Francis. Ich kann doch nicht alles stehen und liegen lassen, weil Harry zum Basketball muss und Jane zum Tanzen. Wie stellst du dir das vor? Wir hätten deine Eltern bitten können, ein paar Tage herzukommen, dann hättest du mit deinen Mädels in aller Ruhe ein paar Tage wegfahren können. Aber doch nicht so.“

Francis ärgerte sich. Sie wollte doch nur, dass er verstand, was sie in ihrer Rolle als Mutter und Ehefrau alles leistete, und ein bisschen Anerkennung dafür. Marc verstand überhaupt nicht, warum sie weggefahren war, und er wollte auch gar keine Erklärung. Er war einfach nur sauer, weil nun er sich mal um seine Kinder kümmern musste. Aber sie würde sich jetzt nicht entschuldigen. Und sie musste verdammt noch mal kein schlechtes Gewissen haben.

8. Kapitel

München, ein paar Stunden früher

Ralf blickte auf sein Handy. Seine Mutter rief nun schon zum dritten Mal an. Vielleicht war es ja doch wichtig. Er nahm ab. „Hallo? Was gibt es denn so Wichtiges?"

Er liebte seine Mutter wirklich, aber in letzter Zeit zweifelt er doch daran, ob es eine gute Idee gewesen war, sie zu sich nach Hause zu holen. Seit dem Tod seines Vater war sie sehr einsam gewesen und so weit weg. Er konnte nicht jedes Wochenende kilometerweit fahren, um ihr im Haus behilflich zu sein. Er hatte es eine gute Idee gefunden, sie nach München zu holen. Allerdings hatte er sich das Zusammenleben ein bisschen anders vorgestellt. Meike war doch immer so ruhig, so besonnen, so verständnisvoll. Aber aus einem ihm nicht erklärbaren Grund reagierte sie in letzter Zeit extrem gereizt auf seine Mutter. Er dachte mit einem Schaudern an das Weihnachtsfest zurück. So wütend und aufgebracht hatte er seine Frau noch nie erlebt.

„Wo ist Meike?" Die laute Stimme seiner Mutter beendete Ralfs Gedanken.

„Keine Ahnung. Vielleicht einkaufen?"

„Sie geht nicht an ihr Handy! Und ich muss doch zum Frisör. Sie sollte mich hinfahren. Ralf, ihr Koffer ist weg und es fehlen Sachen in ihrem Schrank und ihre Zahnbürste hat sie auch mitgenommen. Habt ihr euch etwa gestritten?"

Aber jetzt war seine Mutter verrückt! Wieso sollten Meikes Sachen weg sein? „Mutter, nun beruhige dich mal. Wieso sollen Meikes Sachen weg sein! Sicher liegen sie in der Wäsche und die Zahnbürste hat sie vielleicht weggeschmissen, weil sie eine neue kaufen will. Wer weiß, wo sie steckt. Ich rufe sie noch mal an."

Er legte auf und wählte Meikes Nummer. Nach dem fünfzehnten Klingeln legte er auf. Er überlegte. Woher wusste Helga eigentlich, dass der Koffer fehlte? Er wählte Francis' Nummer und dann versuchte er es noch bei Susi. Keine der Frauen nahm ab. *Das gibt's doch nicht!* Er wählte Peters Nummer im Büro.

„Siemers."

„Ich bin es, Ralf. Du, ich erreiche meine Frau nicht und die Mädels auch nicht. Und meine Mutter sagt, der Koffer und Meikes Sachen seien weg. Ich mach mir Sorgen. Sie wird mich doch nicht Hals über Kopf verlassen haben?"

Seine Stimme war etwas zittrig. Sie hatten zwar in letzter Zeit hin und wieder gestritten, aber er würde doch irgendwann für seine Mutter eine schöne Wohnung suchen, sie brauchte eben noch ein bisschen Zeit im Kreise der Familie. Sie war doch noch nie allein gewesen in ihrem Leben! Deshalb verließ man doch nicht seinen Ehemann!

„Hmm. Ich weiß auch nicht. Susi geht auch nicht an ihr Handy. Ich habe es schon mehrmals versucht. Sie hat mir eine Nachricht hinterlassen, ich müsse heute Rosalie abholen. Kein Problem, aber ich wollte mal hören, ob alles in Ordnung ist. Meist du, ich muss mir Sorgen machen?"

„So, wenn Meike weg ist und Susi auch … Weißt du was, ich rufe schnell Marc an. Vielleicht weiß er ja was."

Ralf legte auf und wählte sofort Marcs Nummer. Die Sekretärin nahm ab. Er ließ sich verbinden. Ein Notfall, hatte er gesagt, es sei sehr wichtig. In kurzen Worten teilte er Marc die aktuelle Lage mit. Marc versprach kurz ein paar Telefonate zu erledigen und dann zurückzurufen.

Bis Marc endlich zurückrief, hatte Ralf schon drei Nachrichten auf Meikes Mailbox hinterlassen.

„Also so wie es aussieht, Ralf, machen unsere Frauen Urlaub." Marc klang verärgert.

„Wie meinst du das, sie machen Urlaub? Meike hat kein Wort gesagt. Ach, ich weiß nicht, in letzter Zeit haben wir so oft gestritten, vielleicht hat sie es ja doch erwähnt und ich habe einfach nicht richtig zugehört."

„Also dann hätten Peter und ich wohl auch nicht zugehört. Uschi, ihrer Freundin aus der Buchhaltung, hat sie jedenfalls eine Mail geschrieben und sich für mindestens drei Wochen abgemeldet. Dann habe ich Harry auf dem Handy angerufen. Und nun rate mal, was mir unser Großer gesagt hat?"

„Keine Ahnung, mach's nicht so spannend!"

„Seine Mutter habe ihm heute Morgen noch einen Abschiedskuss gegeben und überall im Haus befänden sich Klebezettel mit Hinweisen, wie wir den Haushalt zu führen haben. Die spinnt!"

„Nicht dein Ernst! Drei Wochen?" Ralf atmete langsam ein und wieder aus.

„Ja, so sieht's aus. Nicht ein Wort hat sie gesagt. Harry sitzt jetzt zu Hause und weiß nicht, wie er zum Basketballtraining kommt,

und ich kann hier nicht weg. Ich bin stinksauer. Wenn sie der Meinung ist, sie muss mit
ihren Mädels in den Urlaub fahren, dann kann
man doch vorher Bescheid sagen. Oder etwa
nicht? Was mach ich denn jetzt?"

„Wo hat denn Harry Training? Fährt da
kein Bus hin?"

„Ralf, ich habe keine Ahnung. Darum kümmert sich doch Francis immer."

Marc war sauer, Ralf besorgt. Nach dem
Telefonat mit Peter war dieser irritiert.

Marc schickte den neuen Praktikanten, um
Harry zum Training zu fahren, und beauf-
tragte ihn, gleich eine kleine Abhandlung zum
Thema Basketball zu schreiben. Kurz nachdem er durchgeatmet hatte und froh war,
eine schnelle Lösung gefunden zu haben,
klingelte wieder sein Telefon. Diesmal war Janes Ballettlehrerin dran. Sie erkundigte sich,
wann Jane abgeholt würde, sie könne Frau
Jones nicht erreichen. Marc schrieb die Ad-
resse auf und verließ das Büro. Dann würde
er wohl heute Abend von zu Hause aus arbeiten müssen. Er hasste es, Arbeit mit nach
Hause zu nehmen. Zu Hause wollte er ab-
schalten, seine Ruhe haben und die Last auf
seinen Schultern, die er als Verlagschef hatte,

an die Flurgarderobe hängen. Er war so wütend auf Francis! Immer beschwerte sie sich,
dass er so viel arbeitete, zu wenig im Haushalt half, sich nicht um die Kinder kümmerte.
Aber für wen arbeitete er denn so viel? Die
Wirtschaftskrise hatte den Verlag fast ruiniert
und erst seit ein paar Monaten schrieben sie
wieder schwarze Zahlen. Es war ein so langer,
beschwerlicher Weg gewesen. Die Konkurrenz war groß, die digitalen Medien nicht
mehr wegzudenken. Man musste Innovatio-
nen setzen, sich weiterentwickeln. Das nahm
nun mal seine volle Aufmerksamkeit in An-
spruch. Warum wollte sie das nicht verstehen?

Jane war die Letzte und wartete bereits
ungeduldig auf den Treppenstufen vor den
Türen zum großen Ballettsaal.

„Wo ist denn Mom?"

„Sie macht Urlaub!", knurrte Marc schlecht
gelaunt. Sie schwiegen die ganze Fahrt nach
Hause über.

Marc schloss die Haustür auf. Alles sah aus
wie immer, nur dass es noch hell war. Nor-
malerweise kam er erst nach Hause, wenn es
bereits dunkel war. Dann brannten bereits
überall die Kerzen, die wohlige Wärme des
Kamins empfing ihn und das Abendessen
stand auf dem Tisch. Heute war es anders. Es

war nicht kalt, aber man merkte, es fehlte was.

„Daddy, kannst du den Kamin anmachen? Was gibt es zum Abendbrot?"

Marc warf einen Blick auf den leeren Kaminkorb. Er dachte an die Artikel, die er noch für die morgige Ausgabe aussuchen musste.

„Wir bestellen Pizza und den Kamin machen wir morgen an."

Wortlos schlenderte Jane in die Küche und holte den Bestellzettel aus dem Schubfach.

Die Haustür flog auf, die Sporttasche rutsche über die Dielen im Flur und Harry stapfte in die Küche. „Also ehrlich, Dad, was hast du mir da für einen Typen zum Abholen geschickt? Wann kommt Mom wieder? Ich setze mich nicht noch mal zu diesem Kerl ins Auto."

„Ich habe keine Ahnung, wann eure Mutter gedenkt wieder aufzutauchen. Sie macht Urlaub von uns! Und hör auf zu meckern, sonst läufst du zum nächsten Training."

Nein, Marc hatte wirklich keine gute Laune. Sie hätte mit ihm reden sollen. Vorher!

Nach dem Essen gingen die Kinder in ihre Zimmer und Marc setzte sich ins Arbeitszimmer. Eigentlich nutzte es überwiegend Francis. Sie arbeitete lieber zu Hause. Wenn die Kinder in der Schule waren, hatte sie Ruhe zum Schreiben, sagte sie immer. Auf dem

Schreibtisch stand ein Foto von ihm, auf dem er sie im Arm hielt. Er schaute es lange an. Es war damals sehr schön gewesen in Paris. Sie hatten viel Zeit zusammen verbracht.

Dann klingelte sein Handy. Es war Francis.

Ralf nahm seine beiden letzten Termine am Nachmittag noch wahr und stellte erst danach sein Handy wieder an. Seine Mutter hatte weitere fünf Mal versucht ihn zu erreichen. Er beschloss nicht zurückzurufen, sondern gleich nach Hause zu fahren. Es roch nach Eierkuchen, als er das Haus betrat.

„Ralf, du kannst gleich Hände waschen und zum Essen kommen", rief Helga aus der Küche.

„Ja, Mutter", stöhnte Ralf. Es war wie früher, wenn er nach Hause kam. Anfangs hatte er es wirklich genossen, seine Mutter wieder um sich zu haben, aber manchmal gab er Meike insgeheim recht. Er hatte ein eigenes Leben. Er war selbst Vater und wollte nicht mehr von seiner Mutter bevormundet werden. Aber es fiel ihm einfach schwer, die alte Dame vor die Tür zu setzen.

Seine beiden Jüngsten saßen bereits und warteten auf ihn.

„Also, hast du nun Meike erreicht? Ich musste mir ein Taxi rufen, um zum Frisör zu fahren. Wo steckt sie denn nun?"

Ralf holte tief Luft. „Ach, ich hatte es ganz vergessen, sie macht ein paar Tage Urlaub mit ihren Freundinnen. Das machen sie doch jedes Jahr", log er.

„Also ich weiß nicht. Eine verheiratete Frau mit Kindern sollte nicht alleine Urlaub machen. Was sollen denn die Nachbarn denken? Das gab's früher nicht. Ich wäre nie ohne deinen Vater irgendwo hingefahren. Und nie hätte ich dich allein zu Hause gelassen."

„Mutter, früher war eben alles anders. Und sieh mal, wir haben doch dich. Du bist doch da. Die Kinder sind nicht allein."

Helga überlegte kurz, dann nahm sie lächelnd Platz. „Ja, das stimmt. Ich bin ja da."

Da habe ich ja gerade noch die Kurve gekriegt, dachte Ralf. Er mochte es nicht, wenn jemand schlecht über Meike sprach, und auch nicht, wenn jemand schlecht über seine Mutter sprach. Er war ein harmonieliebender Mensch. Streit konnte er nicht ausstehen. Er ging ihm lieber aus dem Weg. Abends lag er in seinem Bett und starrte die Decke an. *So was hat Meike noch nie gemacht. Sie war schon mal mit den Mädels übers Wochenende weg, aber einfach so, ohne vorher Bescheid zu sagen? Das passt doch gar nicht zu ihr.*

Sein Handy klingelte. Es war Meike, Gott sei Dank.

Peter saß nachdenklich an seinem Schreibtisch. Er hatte Rosalie aus der Kita abgeholt und mit ins Büro genommen. Seine Sekretärin Frau Meister hatte ihren Beistelltisch freigeräumt und einen Block mit Mandalabildern zum Ausmalen hingelegt. Dazu ein paar Buntstifte und Rosalie war glücklich. Frau Meister hatte selbst zwei Töchter und eine davon war in Rosalies Alter. Sie hatte immer etwas in der Schublade, für den Fall, dass eines der Kinder unverhofft im Büro saß. Peter war ein sehr kinderfreundlicher Chef. Die große Tochter von Frau Meister war bereits in der dritten Klasse und kam oft nachmittags, um im Büro ihrer Mutter die Hausaufgaben zu machen. Das Kind war lieb und störte nicht. Peter sah darin kein Problem. Frau Meister konnte so länger arbeiten und so hatten alle etwas davon.

„Herr Siemers, Rosalie möchte einen Kakao trinken, möchten Sie auch einen?"

Peter sah auf. „Gerne, Frau Meister, und sagen Sie doch bitte den Termin mit Herrn

Kromer ab. Ich werde heute etwas zeitiger Feierabend machen."

„Schon erledigt. Ich habe den Termin auf morgen zehn Uhr verschoben. Frau Rose hat sich für morgen entschuldigt, da ist der Termin morgen frei geworden." Sie war die beste Sekretärin, die er je hatte! Sie dachte mit, reagierte schnell und vorausschauend. Sie war großartig. Als sie ihn bat, nur noch vormittags zu arbeiten, damit sie nachmittags bei den Kindern sein konnte, hatten sie gemeinsam eine Lösung gefunden. Eine ruhige Ecke für die Kinder im Büro, ein separater Spieleraum nebenan und immer Kakao in der Küche. Es klappte hervorragend. Es wurde von allen Mitarbeiterinnen gut angenommen. Als sich der Sohn von Frau Miske den Fuß gebrochen hatte, kümmerten sich alle liebevoll um ihn und er konnte im Spieleraum auf der Couch fernsehen und mit der Playstation spielen. Frau Miske konnte in Ruhe arbeiten und war doch für ihr Kind da. Und nun saß Rosalie nebenan und malte zufrieden ihre Bilder aus.

Zu Hause aßen sie Hühnchen und er las ihr die Gutenachtgeschichte vor, wie jeden Abend. Darin wechselte er sich mit Susi ab. Manchmal lasen sie ihr auch abwechselnd vor

oder erzählten die Geschichte frei mit Rollen-
spiel.

„Wann kommt denn Mami?"

„Mami macht ein bisschen Urlaub mit
Tante Francis und Tante Meike. Sie kommt
bald wieder."

„Ich möchte auch Urlaub machen."

Er sah seine kleine Prinzessin liebevoll an.
„Ja, wir machen bald mal wieder Urlaub mit
Mami."

„Rufen wir Mami an? Ich muss ihr doch
Gute Nacht sagen."

Er überlegte kurz. „Lass uns Mami morgen
früh Guten Morgen sagen. Es ist schon so
spät und sie ist sicher schon im Bett nach der
langen Reise."

Rosalie nickte. „Gute Nacht, Papi." Sie gab
ihm einen Kuss und rollte sich auf die Seite.
Er blieb noch einen Moment in der Tür stehen.
Seine kleine Prinzessin! Er liebte sein Kind
über alles und er wusste, dass Susi recht
hatte. Er verwöhnte sie viel zu sehr. Aber
konnte sie ihm das zum Vorwurf machen?
Dieses Kind bereicherte so sehr sein Leben.
Eigentlich wollte er gern noch mindestens
zwei Kinder, aber Susi vermied dieses Thema
und wich immer aus. Sie gab sich große Mühe
als Mutter, das wusste er, aber er wusste

auch, dass Susi nicht nur Hausfrau und Mutter sein wollte. Sie war eine sehr emanzipierte Frau, die großen Wert auf ihre Unabhängigkeit legte. Er glaubte, dass sie sich manchmal in ihrer Mutterrolle gefangen fühlte und deshalb unzufrieden mit sich war.

Er hörte sein Handy klingeln. Ein Lächeln huschte über sein Gesicht. Es war Susi.

9. Kapitel

Um fünf Uhr morgens saßen Meike und Frederike in der Küche bei einer Tasse Kaffee. Susi und Francis schliefen noch selig. Meike war ruhig und nachdenklich.

„Was bedrückt dich, Süße?"

Frederike schenkte Kaffee nach und setzte sich neben ihre Freundin. „Wenn du nicht darüber reden möchtest, musst du es nicht, aber manchmal hilft reden."

Meike sah mit traurigen Augen auf und fing an, Frederike von ihrem Kummer zu Hause zu erzählen. Frederike hörte ihr einfach nur zu. Keinen Ratschlag, kein Kommentar, sie hörte einfach nur zu. Als Meike fertig war, fühlte sie sich ein Stück wohler.

„Und jetzt gehen wir die Tiere füttern." Frederike stellte die Tassen in die Spüle und reichte ihrer Freundin die Hand.

„Danke fürs Zuhören."

„Jederzeit."

Die Arbeit im Stall war hart und ungewohnt. Nach zwei Stunden schmerzte Meike die Schulter vom vielen Schaufeln. Aber sie fühlte sich auch unglaublich befreit. Man gewöhnte sich mit der Zeit an den Geruch und es machte ihr wirklich Spaß. Sie wurde gebraucht. Die Tiere brauchten sie, Frederike brauchte sie.

Um halb zehn gab es dann Frühstück. Francis hatte bereits Eier gekocht und den Tisch gedeckt. „Susi bringt frische Brötchen mit, wenn sie vom Joggen kommt."

Nur wenige Minuten später stand Susi in der Tür. Sie sah aus! Die Haare völlig zerzaust, das Gesicht knallrot und ihre weißen Joggingklamotten einschließlich der weißen Turnschuhe waren matschdurchtränkt. „Hier die Brötchen. Ich gehe hier nicht noch mal joggen. Morgen muss ein anderer los."

Sichtlich geladen verschwand sie in Richtung Treppe. Frederike, Meike und Francis lachten laut los.

„Das ist so typisch Susi", gluckste Francis.

„Wir sind hier auf dem Land, was hat sie erwartet?", prustete Frederike.

„Ich kann euch hören", schallte es aus Richtung Treppe.

Meike ging zur Tür. „Geh duschen und dann komm zum Frühstück. Und zieh dir die Arbeitssachen von Frederike an. Sie liegen auf deinem Bett."

Es dauerte nicht lange und Susi stand frisch geduscht im Blaumann in der Küche. Ihre Miene war noch immer finster. *Wäre ich doch nur zu Hause geblieben*, hatte sie den ganzen Morgen über gedacht. Die Wege waren aufgeweicht und schlammig, der Wind kalt und hässlich. Zweimal war sie weggerutscht und im Matsch gelandet. In der Stadt lief sie nur auf Asphalt. Aber asphaltierte Radwege hier in der Pampa würde sie vergeblich suchen. Nach einem ausgiebigen Frühstück fühlte sie sich besser.

„Na dann, auf nach oben. Schmeißen wir das bisschen Tapete an die Wand." Ja, das war auch Susi. Optimistisch und nicht nachtragend. Ein schlechter Start in den Tag musste ja kein schlechtes Ende bedeuten.

Und tatsächlich ging es den Freundinnen gut von der Hand. Die erfahrene Meike gab genaue Anweisungen und am Ende des Tages hatten sie einen Raum geschafft.

Glücklich und zufrieden ließen sie sich auf den Boden fallen. Frederike stand an der Tür. „Wow. Das sieht wirklich gut aus. Ich fange dann morgen mit dem Fußboden an. Wer möchte mir helfen?"

„Gönne uns ein paar Minuten Ruhe. Wie wäre es mit einem Gläschen Sekt?" Susi lächelte Frederike an.

„Sekt?" Frederike lachte. „Jetzt gibt's Käsespätzle und dann gönnen wir uns einen Grog."

Das Essen war köstlich. Frederike konnte wirklich gut kochen. Sie saßen gemütlich vor dem Kamin und tranken ruhig ihren Grog. Es war still. Die Erschöpfung war deutlich zu spüren und es war gerade erst einundzwanzig Uhr. Nach und nach verabschiedeten sie sich ins Bett. Susi war zu müde, um zu Hause anzurufen, und schickte einfach nur noch eine Gute-Nacht-Kuss-SMS. Heute Morgen hatte Peter angerufen und Rosalie hatte ihr ein „Guten Morgen Mami" in den Hörer gesungen. Sie vermisste ihre kleine Rosalie. Es war doch immer schön, wenn sie auf ihre Gutenachtgeschichte bestand und ihrer Mutter anschließend die Arme um den Hals warf und ihr einen Kuss gab. Mit diesem Gedanken schlief Susi ein.

Im Nachbarzimmer ärgerte sich Francis. Marc hatte sich nicht einmal gemeldet. Stattdessen hatte Harry fünf Nachrichten geschrieben, weil er seinen Sportbeutel nicht finden konnte, und Jane hatte sieben Nachrichten geschrieben, dass ihr Shampoo alle sei und sie dringend neues brauche. Francis hatte das Handy bewusst im Zimmer gelassen und las nun die zunehmend wütend werdenden Nachrichten ihrer Kinder. Sie schrieb nach kurzem Überlegen zurück: „Wendet euch an Papa. Gute Nacht. Kuss, Mama." Dann legte sie ihr Handy zurück in die Nachttischschublade.

Er hat sich nicht einmal gemeldet. Mit diesem Gedanken schlief sie ein.

Meike hatte nur eine Nachricht von Ralf auf der Mailbox. „Ich hoffe, du hast eine schöne Zeit. Mutti hat heute Schweinshaxe mit Sauerkraut gemacht. Das war sehr lecker. Uns geht es gut. Mach dir keine Sorgen. Kuss, dein Ehemann."

Toll. Das lief so gar nicht nach Meikes Vorstellung. Frustriert schlief sie ein.

Die folgenden Tage verliefen friedlich. Die drei Freundinnen gewöhnten sich langsam an die arbeitsreichen Tage und kamen immer besser und schneller voran. Meike half jeden Morgen mit im Stall und nach wenigen Tagen war auch der Muskelkater in den Schultern verschwunden. Sie fühlte sich unglaublich wohl zwischen den Tieren. Sie hatte Biologie studiert. Vielleicht konnte sie im Münchner

Zoo arbeiten. Ihr Ärger über Helga wurde von Tag zu Tag weniger.

Bei Susi war das etwas anders. Sie vermisste ihr Kind von Tag zu Tag mehr. Ja, auch Peter vermisste sie. Sich abends in seine Arme zu kuscheln, zu wissen, dass er da war und ihr Frühstück ans Bett brachte. Sie konnte sich gar nicht mehr vorstellen, warum sie sich nach Streit mit ihm gesehnt hatte. Sie vermisste auch Torben ein bisschen, aber die Sehnsucht nach ihrem Mann überwog. Sie wollte in seinen Armen liegen, seinen Körper spüren und von ihm geliebt werden. Ja, sie vermisste den Sex mit ihrem Mann. Bei dem Gedanken schmunzelte sie. Das war gut. Und er vermisste sie sicher auch.

Und Torben? Er ordnete sich in ihrem anfänglichen Gefühlschaos hinten ein. Sie empfand eine tiefe Zuneigung für ihn, aber diese Zuneigung ging über Freundschaft nicht hinaus. Sie fühlte, dass sie nicht bereit war, ihre kleine Familie für eine mögliche Affäre aufzugeben. Sie wollte, dass ihre Beziehung mit Peter funktionierte. Und langsam, mit dem nötigen Abstand, wuchs der Wille in ihr, selbst etwas dafür zu tun. In der Vergangenheit war sie immer abgehauen, wenn eine Beziehung anstrengend wurde. Aber nun hatte sie ein Kind. Sie hatte Verantwortung und verdammt noch mal, sie liebte Peter.

In dieser Nacht hatte Susi einen ganz ungewöhnlichen Traum. Sie lief in einem weißen Kleid auf Peter zu.

Mitten in der Nacht wurde sie aus ihrem Traum gerissen: Susis Zimmertür flog auf und Meike stand keuchend im Türrahmen. „Schnell, steh auf! Es geht los!"

Verschlafen sah Susi ihre Freundin an. „Hä? Was geht los?"

Meike war bereits wieder auf der Treppe und rief Susi zu: „Das Kälbchen kommt. Der Tierarzt ist unterwegs. Nun mach schon. Wir kriegen ein Baby!"

Susi ließ sich zurück in ihr Kissen fallen. Sie konnte Meikes Euphorie einfach nicht verstehen. Na und, dann bekam eine Kuh eben ein Baby. Was hatte das mit ihr zu tun? Sie brauchte Schlaf, einfach nur Schlaf.

„Sag mal, liegst du immer noch im Bett? Steh auf! Wir müssen Frederike helfen." Nun stand Francis in der Tür. Schnellen Schrittes ging sie durchs Zimmer und klappte Susis Bettdecke zurück.

„Eh. Nicht doch. Es ist mitten in der Nacht. Ich will noch schlafen."

„Es ist fünf Uhr morgens und du stehst jetzt auf, aber dalli! Sonst kommt der kalte Waschlappen geflogen", lachte Francis.

Sie ist wie meine Mutter früher, dachte Susi und schob sich langsam aus dem Bett. Sie zog sich an und ging, noch immer etwas schlaftrunken, die Treppe hinunter. Es roch bereits nach Kaffee. Meike drückte ihr eine Tasse in die Hand.

„Hier, zum Wachwerden." Sie schmunzelte bei Susis zerzaustem Anblick ein bisschen in sich hinein. „Wir sind draußen im Stall. Es ist wohl alles ein bisschen kompliziert. Die Kuh hat starke Schmerzen. Der Tierarzt ist informiert, steckt aber irgendwo fest. Ich hab's nicht ganz verstanden. Wir sollen heißes Wasser und Handtücher holen. Dort steht der Eimer. Wenn der Wasserkocher fertig ist, sei so lieb und bring den Eimer mit Wasser in den Stall. Ich danke dir."

Sie warf Susi noch einen Luftkuss zu und rannte mit einem Eimer voller Handtücher hinaus. Susi trank ihren Kaffee. Sie konnte die ganze Aufregung gar nicht verstehen. Noch in Gedanken versunken, füllte sie den Eimer mit heißem Wasser und ging hinüber in den Stall.

Die Kuh lag auf dem Boden und schnaufte. Sie versuchte den Kopf zu heben und aufzustehen, was Francis jedoch verhinderte. Frederike kniete hinter der Kuh. Sie fühlte die mit Schleim überzogene Schamspalte. Dann tastete sie den Bauch vorsichtig ab. Meike kniete am Kopf der Kuh und redete unermüdlich mit ruhiger Stimme auf sie ein.

„Was ist los?" Susi spürte, dass irgendetwas nicht stimmte.

„Selma hat eine Wehenschwäche. Also die Wehen sind nicht stark genug. Wenn die Fruchtblase reißt, müssen wir das Kalb sofort rausziehen. Ich hoffe, Doktor Bergmann kommt gleich."

Susi sah in die angespannten Gesichter. „Kann ich helfen?"

„Weich die Handtücher im heißen Wasser ein und reiche mir bitte eins. Doktor Bergmann hat gesagt, ich muss unbedingt den Schambereich sauberhalten."

Es war mucksmäuschenstill im Stall. Die anderen Kühe rührten sich kaum. Es war, als wartete der ganze Stall auf den kleinen neuen Erdenbürger. Die Kuh Selma schnaufte.

„Sie muss schreckliche Schmerzen haben. Können wir denn gar nichts tun?" Meike streichelte den Kopf der Kuh und blickte Frederike verzweifelt an.

„Sing ihr doch was vor", schlug Francis vor. „Wenn es unseren Kindern schlecht geht, was machen wir dann?"

Meike nickte. „Du hast recht. Einen Versuch ist es wert."

Meike stimmte ein altes Seemannslied an. Es war ruhig und traurig. Es handelte von dem Heimweh der Männer. Es war ein schönes Lied, das sie damals auf Rügen viel gesungen hatten. Es war ihre Abi-Abschlussfahrt gewesen und einer der Jungs hatte seine Gitarre mitgehabt. Jeden Abend hatten sie am Strand am Lagerfeuer gesessen, jede Menge Alkohol getrunken, geraucht und Lieder gesungen. Es war einer der schönsten Sommer gewesen. Sie selbst hatte ihren Jungs dieses Lied viele Male nachts vorgesungen und sie in den Schlaf gewiegt.

„Sie wird ruhiger", flüsterte Frederike. Sie hörten in der Ferne ein Auto auf den Hof fahren. Schnelle Schritte näherten sich.

„Gott sei Dank. Doktor Bergmann ist da."

Es musste ein ungewohntes Bild für den Tierarzt sein, die vier Frauen um die Kuh herumsitzend vorzufinden. Meike summte nur noch leise in das Ohr der Kuh.

„Guten Morgen, Frederike. Seit wann liegt Selma so da?" Kurz tauschten sich Frederike und Doktor Bergmann über den aktuellen Zustand der Kuh aus. Er holte aus seinem Arztkoffer eine Spritze, zog sie auf und verabreichte ihr das Mittel.

„So, in wenigen Minuten werden die Presswehen einsetzen. Das Kalb liegt gut und müsste ohne weitere Hilfe herauskommen."

Es herrschte angespanntes Schweigen im Stall. Die Kuh wurde unruhig.

„Gleich geht es los. Möchten die Damen sich vielleicht hinter die Kuh stellen, dann können sie besser zuschauen."

Susi schüttelte den Kopf. Sie kämpfte bereits seit geraumer Zeit gegen die Übelkeit an. Meikes Gesang hatte auch sie etwas beruhigt, aber nun nahm das Gefühl wieder zu. Sie stellte sich etwas abseits. Doktor Bergmann lächelte sie warm an. „Holen Sie etwas frisches Stroh, dann können wir nach der Geburt das Kälbchen abreiben."

Dankbar nickte Susi und verließ den Stall. Das war nichts für sie. Meike und Francis hingegen machte es nichts weiter aus. Francis stellte sich neben Frederike hinter die Kuh und auch Meike strich vorläufig ein letztes Mal über den Kopf des Tieres und stellte sich zu ihren Freundinnen.

„Sehr gut, die Eröffnungswehen setzen ein", murmelte der Tierarzt. Die Schleimblase trat zum Vorschein.

Es dauerte weitere fünfzehn Minuten, bis Doktor Bergmann sagte: „Sie bekommt Presswehen. Sehen Sie nur, jetzt kommen die Beine."

Es war unglaublich. Nach weiteren zehn Minuten platzte die Schleimblase und nun war bereits das Maul des Kalbes zu sehen. Dann der Kopf – und mit einem Flutsch lag das Tier im Stroh.

„Selma ist zu schwach, um aufzustehen. Gönnen wir ihr noch etwas Ruhe." Die Kuh hob den Kopf, blickte auf ihr kleines Baby und senkte ihn wieder. Susi kam mit einer Schubkarre voll frischem Stroh herein. Das Gefühl der Übelkeit war sofort wieder da. Doktor Bergmann untersuchte noch die Mutterkuh und sprach mit Frederike. Meike und Francis nahmen gleich das Stroh aus der Schubkarre und fingen an, das Kalb abzureiben.

„Kann ich die Eimer wieder rausbringen?" Susi wollte ja helfen, aber ihr war einfach nur übel.

Frederike sah sie verständnisvoll an. „Du kannst hineingehen und das Frühstück vorbereiten, wenn du magst. Doktor Bergmann isst mit uns."

Erleichtert atmete Susi aus. „Ja, das mache ich. Bis gleich.‟

Francis und Meike grinsten sich an. „Unsere taffe Susi. Das Leben auf dem Bauernhof ist nicht wirklich was für unser Stadtfräulein.‟

Frederike kniete sich zu ihnen. „Wie wollt ihr denn unsere neue Erdenbürgerin nennen?‟

Francis und Meike sahen sich an und sprachen aus einem Mund: „Natürlich Luise.‟

Frederike stimmte in das Gelächter ein. „Einverstanden. Selma und Luise.‟

Luise schüttelte sich und versuchte bereits aufzustehen. Jetzt kam Doktor Bergmann und untersuchte auch das Kuhkalb.

„Ich bin sehr zufrieden. Selma wird in einer halben Stunde wieder aufstehen und die kleine Luise ist mit fünfundvierzig Kilo ein kleiner Wonnepoppen. Herzlichen Glückwunsch, Frederike.‟

Frederike strahlte vor Glück. Es war die erste Geburt, bei der sie auf sich allein gestellt war. Sonst war immer Hans dabei. Er war so erfahren, er wusste immer, was zu tun war. Sie war schon so viele Male dabei gewesen, aber heute hatte die ganze Anspannung auf ihren Schultern gelastet und alles war gut gegangen. Sie hatte es gemeinsam mit den Mädels geschafft und war unheimlich stolz.

Ihr Handy vibrierte. Eine Nachricht von Susi. „Das Frühstück ist fertig. Lassen wir Mutter und Tochter ein bisschen allein."

10. Kapitel

Wie jeden Morgen stand Peter um sechs Uhr auf und machte sich fertig. Nachdem er das Frühstück vorbereitet hatte, weckte er Rosalie. Verschlafen stand seine kleine Tochter auf und wankte ins Badezimmer. Er holte die Sachen aus dem Schrank und brachte sie ihr.

„Nein, ich will ein Kleid anziehen", maulte sie ihn an. Er blickte aus dem Fenster. Es hatte geschneit. Nicht gerade unüblich für Anfang März.

„Nein, kein Kleid heute. Es hat geschneit und es ist kalt draußen."

Augenblicklich verzog sich Rosalies Gesicht zu einer finsteren Miene. „Dann gehe ich heute nicht in die Kita. Ich will mein pinkes Kleid anziehen."

Sie saß noch immer auf der Toilette und verschränkte die Arme.

„Rosi, Schatz, du wirst in dem Kleidchen frieren. Sicher wollt ihr heute einen Schneemann bauen im Garten. Sei doch vernünftig."

„Ich will aber keinen Schneemann bauen!"

Peter schaute auf die Uhr. Er diskutierte nun schon fünf Minuten mit seiner Tochter und hatte keine Ahnung, wie er sie umstimmen konnte. *Hart bleiben*, dachte er. „Komm jetzt sofort von der Toilette runter und zieh die Sachen an, die ich dir hingelegt habe. Keine Diskussion." Er hatte die Stimme erhoben und bereute es sogleich.

Sichtlich erschrocken über die Reaktion ihres Vaters zog sie die Mundwinkel herunter, die Augen wurden immer größer und füllten sich mit Tränen. In ihrer herzzerreißendsten Stimme schluchzte sie: „Aber ich möchte doch so gerne das Kleid anziehen. Das hat mir doch Tante Anna gekauft und damit sehe ich so schön aus."

Er überlegte kurz. Fast hätte er mitgeweint, so unschuldig und verletzlich schauten ihn die großen Kulleraugen an. „Okay. Vorschlag: Du darfst das Kleid anziehen und wir ziehen den Skianzug darüber. Die Hose packen wir ein und nehmen sie trotzdem mit. In der Kita kannst du mit Kleidchen herumlaufen, aber wenn ihr raus geht, ziehst du die Hose an und den Skianzug. Einverstanden?"

Wie auf Knopfdruck lächelte Rosalie wieder. Sie hüpfte von der Toilette runter und sagte zufrieden: „Ja, gut."

Er wurde das Gefühl nicht los, dass sie ihn ausgetrickst hatte. Nachdem Rosalie mit frisch geputzten Zähnen endlich aus dem Badezimmer kam, hielt sie ihm ihren Kamm und ein Haargummi hin. „Du musst mir noch einen Zopf machen."

Er stellte sich hinter sie und fing an die Haare zu kämmen und sie zu einem Zopf zusammenzubinden.

„Nicht so, Papa. Du musst mir einen Fischgrätenzopf machen."

Er sah sie fragend an. „Einen was?"

„Na, einen Fischgrätenzopf. Wenn ich das pinke Kleid anhabe, muss ich einen Fischgrätenzopf haben. Mia hat auch immer einen."

Was um Himmels Willen war ein Fischgrätenzopf? Auf gar keinen Fall wollte er einen erneuten Heulanfall seiner Tochter provozieren, aber er war ein Mann! Er kannte sich mit solchen Dingen nicht aus. *Wenn doch Susi nur hier wäre.* „Okay, warte kurz."

Er holte sein Handy und gab ein: „Wie mache ich einen Fischgrätenzopf?" Super, ein Video auf YouTube. Er legte das Handy neben sich auf den Tisch und versuchte den Anweisungen zu folgen. Nach einer gefühlten halben Stunde mit begleitendem „Aua, du ziepst, Papa. Wann bist du endlich fertig?" und „Zieh doch nicht so an meinen Haaren!" hatte er fast einen Knoten in den Fingern, aber das Ergebnis sah gar nicht so schlecht aus. Zufrieden mit sich und leider viel zu spät verließen sie endlich die Wohnung.

Der Stadtverkehr war um diese Uhrzeit die Hölle. Als er irgendwann gegen neun Uhr dreißig im Büro saß, nahm er sein Handy in die Hand und überlegte, ob er Susi anrufen und sie anflehen sollte, endlich wieder nach Hause zu kommen. Ob sie dieses Theater jeden Morgen hatte? Vielleicht war sie deshalb so oft genervt. Er hatte keine Zeit, weiter darüber nachzudenken, sein Schreibtisch lag voll und er musste ja Rosalie um sechzehn Uhr schon wieder abholen. Ach, und einkaufen musste er auch noch. Er stöhnte.

Ralf fuhr langsam mit dem Wagen in die Einfahrt. Es war erst Dienstag und er fühlte sich völlig ausgebrannt. Er hatte Alexander und einen weiteren Jungen aus seiner Klasse in die Musikschule gefahren und Björn zu einem Kindergeburtstag. In zwei Stunden würden sie wieder nach Hause gebracht. Er hätte jetzt zwei Stunden Zeit für sich gehabt, hätte ein bisschen lesen oder Nachrichten im Fernsehen schauen können. Aber seine Mutter erwartete ihn bereits. Er stöhnte. Die alte Dame war wirklich anstrengend. Jeden Abend lauerte sie ihm förmlich auf, um ihn zu vereinnahmen. Tagsüber rief sie ihn bestimmt zehnmal an, um ihm alles mitzuteilen: dass die Milch schlecht sei und er neue mitbringen müsse, der Nachbar habe seinen Hund in Ralfs Vorgarten sein Geschäft verrichten lassen – wie unerhört! –, in der Post sei ein Brief gewesen, den sie nicht lesen könne, weil die Schrift zu klein sei. Im Übrigen brauche sie dringend einen Frisörtermin, darum müsse er sich auch endlich mal kümmern ... Er hatte schon probiert sie einfach wegzudrücken, aber dann rief sie sämtliche Nummern an, die im Telefonspeicher zu finden waren, um sich zu erkundigen, ob ihr Sohn in der Nähe sei. Seit Meike weg war, konzentrierte sich alles auf ihn. Er verstand Meike. Er hatte ihr nicht zugehört, er hatte ihr nicht glauben wollen. Er hätte es besser wissen müssen. Meike war eine unglaublich ruhige, besonnene Frau. Nie hatte sie die Kinder angeschrien oder ihm eine Szene gemacht. Immer war sie ruhig und verständnisvoll gewesen. Bis seine Mutter bei ihnen eingezogen war. Seitdem hatte sich Meike verändert. Sie lachte kaum noch, sie sprachen kaum noch miteinander – und Sex? Er wusste nicht mehr, wann sie das letzte Mal miteinander geschlafen hatten. Er dachte, es sei nur eine Gewöhnungsphase. Er liebte seine Mutter und er liebte seine Frau. Er hatte nicht sehen wollen, dass es nicht funktionieren konnte.

Heute hatte er seine Mitarbeiterin beauftragt, ein paar Anrufe zu tätigen und Besichtigungstermine für Wohnungen im betreuten Wohnen zu vereinbaren. Er wusste, dass es nicht leicht sein würde, für seine Mutter einen Platz zu besorgen. Die Wohnungen waren heißbegehrt und es gab lange Wartelisten. Aber er war in der glücklichen Lage, selbst einige Objekte zu betreuen, und kannte somit den einen oder anderen. Der erste Schritt jedoch war, es irgendwie Helga beizubringen und sie dafür zu begeistern. Ach, wenn doch nur Meike hier wäre, dann müsste er nicht allein mit ihr reden. Er wusste, dass seine Frau in den letzten Monaten alles abgefangen hatte, und er schämte sich, dass er sie damit allein gelassen hatte.

Langsam ging er zum Haus und öffnete leise die Tür. Es roch nach Essen, wie jeden Tag. Seine Mutter kochte gerne und er fand, dass sie auch wirklich gut kochte. Die Waage im Badezimmer bestätigte dies. Es war ruhig im Haus. Wo war sie? Er zog leise die Schuhe aus und hängte seine Jacke auf einen Bügel.

In der Küche war sie nicht. Er hörte Geräusche im Obergeschoss. Leise schlich er die Treppe hinauf. Die Tür zum Schlafzimmer stand offen. Er hörte seine Mutter vor sich hin summen. Vorsichtig trat er in sein Schlafzimmer. Helga stand vergnügt vor seinem großen Kleiderschrank und sortierte die Wäsche.

„Was in Herrgottsnamen machst du in meinem Schlafzimmer?", platzte es aus ihm heraus.

Erschrocken fuhr Helga herum und ließ einen Stapel T-Shirts fallen. „Musst du mich so erschrecken? Soll ich einen Herzinfarkt kriegen? Ich bringe etwas Ordnung in deinen Kleiderschrank. Also ich weiß nicht, was deine Frau für ein Elternhaus genossen hat, aber Ordnung scheint da nicht an oberster Stelle gestanden zu haben."

Ralf hasste es, wenn jemand schlecht über Meike sprach, und das aus dem Mund seiner Mutter zu hören, war doppelt hart. „Meike ist sehr ordentlich und ich weiß überhaupt nicht, was du in unserem Schlafzimmer zu suchen hast. Ich finde meinen Schrank gut, so wie er ist. Immerhin finde ich alles."

„Ach, Junge. Ich hab doch Zeit. Ich habe alles schön ordentlich sortiert. Die kurzen Hemden nach vorn, die langen nach hinten, die Socken immer neben die Unterwäsche auf

Augenhöhe." Sie lächelte zufrieden in den Schrank hinein.

„Mutter, ich möchte, dass du sofort diesen Raum verlässt, und ich möchte nicht, dass du ihn noch einmal betrittst. Das ist Meikes und mein Schlafzimmer! Das ist unser ganz privater Rückzugsort. Respektiere das bitte."

Er versuchte betont freundlich zu sein und seine Wut zu zügeln. Sie hatte seinen Schrank so eingeräumt wie früher. Und er hasste es. Meike war nun seit fast zwei Wochen fort und es sah überall so aus, als ob sie nie da gewesen wäre. Das ganze Haus hatte sich in sein Elternhaus verwandelt und nun gestaltete sie sein Schlafzimmer zu seinem Kinderzimmer um. Warum war ihm das nur nicht aufgefallen? Meike hatte es ihm doch so oft gesagt! Vielleicht nicht mit Nachdruck, aber doch hatte sie es immer mal wieder anklingen lassen.

Beleidigt schob sich Helga an ihm vorbei. „Während deine Frau irgendwo Urlaub macht und die Füße hochlegt, solltest du froh sein, dass ich hier alles übernehme und für dich und die Kinder da bin. Statt dankbar zu sein, schimpfst du mich aus. So etwas hätte ich nie gewagt, einfach abzuhauen und deinen Vater mit dir alleine zu lassen. Da hast du dir eine schöne Frau ausgesucht! Du hättest die Heidi von schräg gegenüber nehmen sollen. Das war ein nettes Mädchen."

Er konnte fast nicht mehr an sich halten. „Die Heidi von gegenüber hatte schiefe Zähne und hat immer übel gerochen. Und ich suche mir meine Frau selbst aus. Und Meike ist die beste Frau, die ich kriegen konnte. Und morgen hole ich dich Punkt neun Uhr ab und dann zeige ich dir ein paar Wohnungen. Es ist an der Zeit, dass du wieder dein Leben führst, damit Meike wieder in ihr Zuhause kommen kann und wir wieder unser Leben führen können."

Dann knallte er die Tür zu, ging zügig die Treppe hinunter und verließ das Haus, ohne sich noch einmal umzudrehen. Er war stinksauer auf seine Mutter und er wollte das nicht. Sie war eine alte Dame, die Hilfe und die Unterstützung der Familie brauchte. Aber so, wie es die letzten sieben Monate gelaufen war, alle unter einem Dach, konnte es nicht weitergehen. Er würde sonst Meike verlieren. Hoffentlich verlor er jetzt nicht beide!

Nach einer Stunde kehrte er zurück. Helga saß allein in der Küche an dem gedeckten Tisch. Sie hatte auf ihn gewartet und noch nichts angerührt. Schweigend nahm er Platz und sie begannen wortlos zu essen. Er hatte ein unglaublich schlechtes Gewissen, obwohl er im Recht war. Aber so war es immer gewesen, schon in seiner Kindheit. Seine Mutter hatte ihn nach einem Streit so lange angeschwiegen, bis er es nicht mehr ausgehalten und sich entschuldigte hatte. Er hatte seinen Vater immer bewundert, wie ruhig und besonnen er mit seiner Mutter umgegangen war. Nie hatte Helmut das Wort erhoben. Helga hatte die Hosen an und Helmut tat, wie ihm geheißen. So war es immer gewesen. Aber so konnte Helga nicht mit ihnen zusammenwohnen. Meike und Ralf führten eine andere Ehe und es war kein Platz für ein Alphatier in diesem Haus. Er wusste das nun. Nun, da Meike fort war und seine Mutter ihn mit ernster Miene anschwieg. Er musste jetzt stark sein.

Als sie das Geschirr abwusch, brach sie erstaunlicherweise als Erste das Schweigen. „Ich werde mir selbst eine Wohnung suchen, wenn ich hier unerwünscht bin."

Ja, natürlich, jetzt kam die Tour. Er hätte es ahnen können. „Du bist nicht unerwünscht, Mutter." Er sprach es betont langsam aus und ließ eine Pause. Dann fuhr er fort. „Aber es wird Zeit, dass du wieder dein eigenes Leben lebst. Vater ist nun seit fast einem Jahr tot und er würde sich wünschen, dass du dich nicht bei deinem Sohn versteckst, sondern dass du raus gehst und das Leben genießt.

Du bist doch nur noch in diesem Haus. Du verwöhnst uns nach Strich und Faden und das ist unglaublich lieb von dir. Und glaube mir, ich habe das mehr als genossen."

Er zeigte auf seinen Bauch und lächelte. „Aber du bist noch zu jung und mobil, um dich hier zu verstecken und unser Hausmädchen zu spielen."

Sanft lächelte er seine Mutter an. Er hatte auf seinem Spaziergang lange diese Worte geübt. Sie durfte nicht das Gefühl haben, abgeschoben zu werden. Ihre Selbständigkeit war Helga immer wichtig gewesen. Sie selbst hatte immer ihr Leben bestimmt und eigene Entscheidungen getroffen. Er konnte sie nur so kriegen.

Sie überlegte eine Weile. Letztlich war der Abwasch getan und sie ließ das Wasser heraus und drehte sich zu ihm um. „Du hast recht. Ich kann nicht den Rest meines Lebens eure Putzfrau sein. Ich musste schon immer deinen Vater bedienen. Ich werde mir morgen mit dir die Wohnungen ansehen."

Nicht weit entfernt saß Marc genervt im Auto und fuhr seinen Sohn zum Basketballtraining. Er musste unbedingt noch einmal in den Verlag. In zwanzig Minuten traf er einen alten Verlegerfreund, der seinen kleinen Verlag aus Altersgründen verkaufen wollte. Er kannte Rüdiger schon sehr lange und hoffte, ihm ein gutes Angebot unterbreiten zu können. Der Verlag war gut etabliert auf dem Markt und hatte einige sehr erfolgreiche Autoren unter Vertrag. Wenn ihm das gelänge, dass Rüdiger an ihn verkaufte, dann würde er auf dem hart umkämpften Markt ein Stückchen Boden gutmachen können. Die Selfpublishing-Sparte wuchs zwar stetig, aber langsam. Er brauchte dringend ein paar bekannte Autoren. Dann würde er mit einer neuen Werbekampagne durchstarten können.

Der Verkehr nervte. Schon wieder eine rote Ampel. Harry saß in sein Handy vertieft neben ihm.

„Wie war die Schule?"

Harry brummte, ohne aufzuschauen: „Okay."

Grün. Marc gab Gas. Er konnte die Halle schon sehen. Er hielt kurz an der Straße an. „Viel Spaß. Bis später."

Viel zu langsam stieg Harry aus. „Ja, bis dann, Dad."

So ein Stress. Marc sah wieder auf die Uhr. Mit quietschenden Reifen und ein bisschen zu schnell fuhr er in Richtung Verlagsgebäude. Das Handy klingelte. Jane! Er hatte auch Jane kurzerhand eine Prepaidkarte gekauft und ihr sein altes Handy überlassen. Keine Ahnung, wie Francis das alles organisierte, er musste seine Kinder erreichen und sie mussten ihn erreichen können, zumindest solange Francis weg war. Er verstand ohnehin nicht, warum seine Frau so dagegen war. Heutzutage mussten die Kinder eben in der Neue-Medien-Landschaft mithalten. Es war einfach nicht mehr so wie zu ihrer Kindheit. Und wenn er ganz ehrlich zu sich selbst war, dann wollte er sich auch über den Willen seiner Frau hinwegsetzen. Schließlich war sie einfach abgehauen und hatte ihn mit den Kindern allein gelassen.

„Ja, Kleines, was ist los?"

Jane klang aufgeregt. „Dad, wo bleibst du denn? Ich warte schon eine Ewigkeit auf dich. Janines Mutter kann mich heute nicht mitnehmen, sie haben noch einen Termin. Ich hab dir doch gesagt, du musst mich heute abholen."

Verdammt, das hatte er völlig vergessen. Er sah auf die Uhr. In zehn Minuten würde Rüdiger im Verlag sein. Er konnte ihm nicht mehr absagen, dafür war der Termin auch viel zu wichtig.

„Kannst du nicht den Bus nehmen? Süße, ich schaff das nicht mehr, ich muss dringend in den Verlag."

„Aber Dad! Mein Schulrucksack, die Sporttasche und dann noch die Gitarre. Wie soll ich das denn alles zum Bus tragen? Das ist viel zu schwer. Mom holt mich immer ab!"

Marc wurde wütend: „Deine liebe Mom macht aber gerade Urlaub mit ihren Freundinnen. Ihr ist es absolut egal, wie du nach Hause kommst."

„Na toll. Ich bleibe jetzt hier so lange sitzen, bis du mich abholst." Damit legte sie einfach auf.

War denn das zu fassen! Dieses Kind! Sie war genauso stur wie ihre Mutter. Marc überlegte. Was sollte er nur tun? Er gab Gas und rief von unterwegs schnell im Büro an. Er sagte seiner Sekretärin Bescheid, sie solle Herrn Winter bereits einen Kaffee anbieten, er stecke im Verkehr fest, sei aber jeden Augenblick da. Dann bog er ab und fuhr zu Janes Schule. Da stand sie mit einem Regenwettergesicht und blickte wütend ihrem Vater entgegen. Er hielt verbotenerweise an der Bushaltestelle und lud schnell ihre Sachen ein.

„Du musst aber noch mal mit in den Verlag. Ich habe einen wirklich wichtigen Termin."

Sie schnaubte.

„Ich kann nichts dafür", versuchte er sie zu beruhigen. „Ich werde deine Oma anrufen. Vielleicht kann sie ein paar Tage aus Berlin kommen."

Janes Gesichtszüge wurden weicher. „Au ja, das wäre toll, wenn Oma kommen könnte."

Rüdiger saß auf einem der gemütlichen Sessel im Wartebereich vor seinem Büro und trank bei einem offensichtlich sehr netten Gespräch mit seiner Sekretärin Silke eine Tasse Kaffee. Als Marc auf die beiden zusteuerte, sprang Silke sofort auf und verabschiedete sich höflich von Rüdiger Winter.

„Eine sehr nette Sekretärin hast du da, mein lieber Marc." Lächelnd folgte er Marc ins Büro.

„Du siehst ein wenig gestresst aus, mein Lieber. Wie geht es deiner reizenden Frau und den Kindern?"

Rüdiger Winter war ein weißhaariger, braungebrannter und sehr liebenswerter Mann in den besten Jahren. Er hatte sich seinen Ruhestand wirklich verdient. Mit dem Verkauf seines Verlags wollte er für sich und seine Frau ein Häuschen auf Mallorca kaufen, um dort seinen Lebensabend zu verbringen.

Marc hatte Rüdiger Winter auf einer Buchmesse kennengelernt. Er war ein sehr unterhaltsamer und angenehmer Mensch. Sie hatten im selben Hotel in Frankfurt genächtigt und sich abends an der Bar getroffen. Bei einem Feierabend-Whisky waren sie ins Gespräch gekommen. Seitdem hatten sie immer mal wieder Kontakt. Sie sprachen ein bisschen über die Familie und dann über das Geschäft. Rüdiger Winter wollte seinen Verlag an einen vertrauenswürdigen Investor verkaufen und hoffte, er würde sich mit Marc Jones auf seine Preisvorstellung einigen können. Es war ein angenehmes, freundschaftliches Gespräch, das mit einem Handschlag und der Zusage, die Anwälte mit dem Ausarbeiten des Vertrags zu beauftragen, endete. Marc war erleichtert. Das Gespräch war wirklich gut verlaufen und die preislichen Vorstellungen von Rüdiger Winter waren im Rahmen des Möglichen. Er lächelte.

Es klopfte an der Tür. Silke trat ein. „Ihr Sohn hat schon mehrfach versucht Sie zu erreichen. Er ist auf Leitung zwei, soll ich durchstellen?"

Ach Gott, Harry hatte er ganz vergessen. Er sah auf die Uhr. Sie hatten doch tatsächlich zwei Stunden miteinander gesprochen.

„Sagen Sie ihm, ich bin auf dem Weg. Danke."

Schnell packte er seine Jacke und machte sich auf den Weg, seine Tochter zu suchen. Wenn Jane im Verlag war, musste man sie immer einfangen. Sie stromerte überall herum und fragte den Leuten Löcher in den Bauch. So war sie schon immer gewesen. Er fand sie in der Redaktion bei Conny, die die Kinderseite der Tageszeitung gestaltete. Natürlich hatte seine Tochter Verbesserungsvorschläge für die Seite. Er unterbrach ihren Redefluss und schob sie aus der Tür.

„Wir müssen los. Dein Bruder wartet."

Völlig entnervt kamen sie irgendwann gegen zwanzig Uhr zu Hause an. Er hatte unterwegs bereits Pizza bestellt. Es war ihm egal, ob die Kinder sich gesund ernährten. Schließlich war Francis einfach abgehauen und er war einfach kein Koch. Und außerdem war es ein verdammt langer Tag gewesen. Noch am Abend rief er seine Schwiegermutter an und erklärte seine aktuelle Notlage.

„Tut mir leid, Marc. Eigentlich sind wir schon auf dem Sprung. Der Flieger geht in vier Stunden und dann stechen wir in See. Hat Francis dir das gar nicht erzählt? Wir machen doch eine Mittelmeerkreuzfahrt."

Nein, das hatte Francis ihm nicht erzählt. Oder doch? Ach, es war zum Mäusemelken.

Wenn er richtig darüber nachdachte, hatte er mit Francis in letzter Zeit wirklich wenig gesprochen. Er war kaum zu Hause gewesen, aber er musste eben viel arbeiten. So ein Verlag führte sich nicht von alleine. Eine solche Phase hatten sie schon einmal vor ein paar Jahren gehabt. Damals hatten sie immerzu gestritten, weil ihr einfach langweilig gewesen war allein zu Hause. Aber dann hatte sie ein zauberhaftes Kinderbuch geschrieben, das sogar verfilmt wurde. Das hatte dem Verlag damals aus der Wirtschaftskrise geholfen. Ach, er verstand sie einfach nicht.

Jane rief aus der Küche nach ihrem Bruder und ihrem Vater. „So, Jungs. Ich denke, wir müssen mal Familienrat halten. Solange Mom weg ist, müssen wir hier versuchen nicht unterzugehen."

Marc sah seine kleine Tochter erstaunt an. Wobei, so klein war sie gar nicht mehr. Ihr Körper nahm bereits erste weibliche Züge an.

„Du hast recht. Was schlägst du vor? Ich habe nicht so viel Zeit wie eure Mutter, um euch ständig von A nach B zu fahren. Könnt ihr nicht einfach mit den öffentlichen Verkehrsmitteln fahren?"

Harry sah erst seinen Vater an, dann seine Schwester. Es war immer so herrlich bequem, wenn seine Mutter ihn fuhr, auch wenn sie ihn oft anmeckerte.

„Na, zumindest hinfahren zum Training kann ich mit dem Bus. Aber Freitagabend abholen, Dad, wäre echt nett. Mom möchte nicht, dass ich abends noch alleine mit dem Bus fahre."

„Und bei dir, Jane?"

„Na, ich muss abgeholt werden, meine Gitarre, mein Sportzeug und dann noch der Schulrucksack."

„Ach, Madame muss abgeholt werden? Dann kann Dad mich auch fahren, ich habe schließlich auch eine schwere Sporttasche."

Marc stöhnte. „Stopp, Kinder. Wir sitzen jetzt hier, um einen Kompromiss zu finden. Also, Harry. Dienstag kannst du alleine zum Training und zurück, da hast du ja Training von vier bis halb sechs. Und Freitag hole ich dich um acht Uhr vom Training ab. Jane, du kannst zwei Haltestellen fahren und mittwochs nach deinem Gitarrenunterricht in den Verlag kommen. Die Sporttasche lässt du einfach im Spind und bringst sie eben am Donnerstag mit. So, und dann müssen wir hier ein paar Aufgaben verteilen. Ich bin vorhin über eure Schuhe im Flur gestolpert und das Toilettenpapier hat auch jemand alle gemacht und nicht aufgefüllt. Und ich möchte, dass wir freitags einkaufen fahren. Das können wir beide machen, Jane, und danach holen wir gleich deinen Bruder ab. Aber jeder schreibt bis Donnerstagabend auf einen Zettel, was seiner Meinung nach eingekauft werden muss."

Jane nickte und auch Harry schien zufrieden.

„Aber Dad, ich putze nicht alles alleine", protestierte Jane.

„Samstag früh muss ich immer erst noch mal in den Verlag, aber wenn ich mittags zu Hause bin, putzen wir gemeinsam, einverstanden?"

Harry schien nicht so begeistert, nickte aber trotzdem zustimmend.

„Na gut. Dann wollen wir mal hoffen, dass das alles funktioniert, bis eure Mutter wieder da ist."

Er wollte gerade zur Tür hinaus, als Jane plötzlich neben ihm stand und seine Hand nahm. „Du, Dad, ihr lasst euch aber nicht scheiden?"

Er drehte sich um und nahm seine Tochter in den Arm. „Natürlich nicht. Ich liebe eure Mutter. Sie braucht eben mal ein bisschen Urlaub. Aber sie kommt wieder."

In dieser Nacht konnte Marc nicht schlafen. Zu sehr beschäftigten ihn Janes Worte. Scheidung? Nein. Er war sauer auf Francis, weil sie ihn und die Kinder einfach so alleingelassen hatte, aber Scheidung? Nein, nein, nein! Hatte sie ihn etwa verlassen und er war zu sehr mit sich beschäftigt, um es überhaupt wahrzunehmen? Sie würde doch wiederkommen? Sie war doch nur einfach ein bisschen überfordert und unzufrieden, aber das hatte doch nichts mit ihrer Ehe zu tun? Er wälzte sich hin und her. Er nahm sein Handy und las die letzten Nachrichten von ihr. Wieder und wieder. Sie hatte sich in der Vergangenheit immer wieder beschwert, dass der Haushalt und die Kinder an ihr hängen blieben. Ja, aber diese Diskussionen hatten sie ja öfter. Und er arbeitete nun mal viel. Francis war eine sehr selbständige Frau mit einem unheimlichen Sturkopf. So hatte er sie kennen- und lieben gelernt. Sie war so zielstrebig, so intelligent, so zuverlässig. Ihre Leser liebten sie. Sie hatte ein Gespür für das, was die Leser lesen wollten, und konnte unglaublich tolle Kolumnen schreiben. Er konnte sich gut vorstellen, dass Francis die neue Buchsparte als Cheflektorin übernahm. Dieser Gedanke kam ihm in den frühen Morgenstunden. Ja, vielleicht brauchte sie einfach eine neue Aufgabe, wie damals, als sie das Kinderbuch geschrieben hatte.

Kurz bevor sein Wecker klingelte, schlief Marc dann doch noch ein, aber vorher schrieb er seiner Frau eine SMS: „Ich liebe Dich, mein Schatz!"

11. Kapitel

Ich liebe Dich, mein Schatz! Francis lächelte. Aber nachdem sie die Nachricht ihrer Mutter abgehört hatte, verfinsterten sich ihre Gesichtszüge. Er hatte doch tatsächlich ihre Mutter angerufen! Ihre Mutter war so ziemlich die Einzige, die ihr auf die Mailbox sprach. „Ich weiß, es ist schon spät, Kind, aber gerade hatte ich einen sehr merkwürdigen Anruf von deinem Mann. Er meinte, er sei ganz allein mit den Kindern und du seist einfach mit deinen Freundinnen in den Urlaub gefahren? Der arme Mann ist völlig überfordert mit den Kindern allein zu Haus. Also wirklich, Francis. Ich habe dir doch von unserer Kreuzfahrt erzählt, ich kann doch nicht alles stehen und liegen lassen. Du hättest das wirklich mit mir absprechen sollen. Fahr nach Hause und kümmere dich um deine Familie. Ich mache jetzt mit deinem Vater Urlaub!"

War denn das zu fassen? Jetzt war Francis die Böse! Sie hatte natürlich ihrer Mutter nichts erzählt. Warum auch? Sie wollte, dass Marc einmal den vollen Alltag zu spüren bekam. Dass er all das machen musste, was sie jeden Tag tat. Und anstatt sich der Situation zu stellen, rief er einfach ihre Mutter an.

Francis saß am Tisch und starrte finster in ihre Kaffeetasse.

„Möchtest du noch Kaffee?" Frederike sah ihre Freundin fragend an.

„Nein", schnaufte Francis.

„Was ist los?" Nun blickten sie sechs Augen fragend an.

Francis schluckte kurz und erzählte ihren Freundinnen ihren Kummer und ihre Wut. „Er kapiert überhaupt nicht, worum es mir geht", beschwerte sie sich. „Aber schreiben, dass er mich liebt. Ha, das kann er sich sonstwohin schieben. Ausgerechnet meine Mutter muss er anrufen."

Frederike sah sie streng an. „So, meine Damen, ich habe mir das nun lange genug angesehen und ich bin wirklich dankbar, dass ihr hier seid. Aber! Ihr wolltet Abstand von zu Hause. Ihr wolltet, dass eure Familien eine Weile alleine zurechtkommen, aber trotzdem telefoniert ihr ständig, schreibt und kommuniziert. Also wenn ihr wirklich etwas erreichen und wirklich eine Auszeit wollt, dann stellt die Kommunikation ein und findet erst mal zu euch selbst. Ihr wisst doch gar nicht, wo ihr gerade im Leben steht und was ihr eigentlich wollt. Und ihr werdet das auch nicht heraus-finden, wenn ihr so weitermacht."

Jetzt waren sechs Augen starr auf Fre-derike gerichtet.

„Aber wenn etwas passiert! Ich muss doch ab und zu auf mein Handy sehen! Und ich muss doch auch wissen, ob mit den Kindern alles in Ordnung ist, "gab Meike kleinlaut zu bedenken.

„Das sehe ich auch ein. Ihr könnt euren Männern meine Festnetznummer für den Notfall geben und ich bekomme umgekehrt die Nummern eurer Männer für den Notfall. Und dann, meine Damen, werden die Geräte abgegeben."

Die drei Freundinnen sahen erst Frederike, dann einander und dann wieder Frederike an.

„Sie hat recht. Wir müssen auch mal los-lassen. Unsere Männer sind erwachsen. Wir wollten streiken, also tun wir das auch end-lich!" Susi wusste, wie schwer es ihr fallen würde, aber sie wusste auch, dass Frederike recht hatte.

Noch vor dem ersten Ausmisten lagen die Handys ausgeschaltet auf dem Küchentisch. Frederike nahm sie an sich und verschwand in ihrem Schlafzimmer damit.

„So, Mädels, und nun ran an die Arbeit und heute Abend lade ich euch auf einen schönen Grog am Kamin ein."

Es war ein gemütlicher Abend bei einer ordentlichen Brotzeit. Das selbstgebackene Brot und der Schafskäse schmeckten herrlich, dazu noch ein Glas Rotwein. Eine zufriedene Stimmung machte sich breit.

„Wisst ihr, ich habe über meine Zukunft nachgedacht." Meike ließ sich in die gemütlichen Kissen fallen und spielte mit ihren Fingern am Rotweinglas. „Ich bin Biologin, habe einen sehr guten Abschluss und habe noch nie gearbeitet."

Francis konterte: „Na doch, drei Kinder, das Haus, der Garten, dein ganzes ehrenamtliches Engagement, das ist alles Arbeit."

„Ja, schon. Aber die Kinder sind, bis auf Björn, groß und selbständig. Und Björn, wenn ich ehrlich bin, braucht mich auch nicht mehr so sehr. Und dass Helga bei uns eingezogen ist und das Zepter übernommen hat, hat mir bewusst gemacht, dass ich eigentlich nichts für mich habe. Ich möchte wieder eine Aufgabe, ich möchte gebraucht werden. Also ich habe mir überlegt, ich suche mir einen Job."

„Was willst du machen? Eine Laborratte bist du doch nicht."

Da hatte Susi recht. Meike hatte immer davon geträumt, als Forscherin irgendwo im Dschungel Tiere zu beobachten und zu studieren. Aber wie hieß es so schön: Erstens kommt es anders und zweitens als man denkt.

„Aber du kannst mit Tieren so gut. Wenn du im Stall bist, werden die Tiere so ruhig und besonnen, vor allem, wenn du ihnen beim Ausmisten was vorsingst."

Sie lachten, als Meike knallrot anlief. „Ich summe höchstens ein bisschen."

„Das muss dir nicht unangenehm sein. Du hast ein Händchen für Tiere. Sie spüren deine Ruhe und dass du es gut mit ihnen meinst. Da fällt mir ein: Mein Schwager hat vor zwei Tagen angerufen, um sich nach Hans zu erkundigen. Man erreicht Hans ja immer so schlecht durch die ganzen Therapiesitzungen, die er hat. Und jedenfalls ist er leitender Direktor des Wildparks bei euch um die Ecke und sie haben gerade den Bau des neuen Naturerlebniszentrums fertiggestellt. Sie schreiben gerade Stellen aus. Ich möchte wetten, da können sie jemanden wie dich gut gebrauchen. Exkursionen mit Kindern in die Natur, Führungen und Experimente im Museum. Mensch, Meike, du wärst perfekt. Du kannst so gut mit Kindern und als Biologin hast du den biologischen Hintergrund und die Tiere werden dich lieben."

Zugegeben, das klang wirklich gut. „Meint ihr? Ich habe doch noch nie gearbeitet. Ich glaube nicht, dass er mich nimmt."

Frederike klopfte ihr auf die Schulter. „Hey, lass mich mal machen. Ich rufe ihn gleich morgen an. Sicher wird er einer Probewoche zustimmen und dann wirst du sehen, ob das was für dich ist, und der Franzl kann entscheiden, ob er dich einstellt."

Wow, ein Job, ein richtiger Job! Das wäre unglaublich. Meike fühlte sich wie ein Teenager vor seiner ersten Fahrstunde. Es war so aufregend und die Mädels hatten recht. Die Arbeit hier bei Frederike machte ihr sehr viel Spaß. Sie war so gern im Stall und auf der Weide. Umgeben von Natur, das war so unglaublich befreiend. Sie spürte, dass sie endlich zur Ruhe kam und der ganze Ärger und Stress der letzten Wochen von ihr abfiel.

„Wisst ihr, ich habe mir auch Gedanken gemacht und ich muss euch was beichten." Es nagte schon eine ganze Weile an Susi. Sie erzählte den Mädels eigentlich fast alles. Ihre Freundschaft war so tief und unerschütterlich, dass es keine Geheimnisse zwischen ihnen gab.

„Ich habe vor Monaten einen Mann kennengelernt. Ein sehr gutaussehender, netter, äußerst charmanter Mann. Und wir haben uns erst zufällig und zuletzt doch regelmäßig getroffen. Guckt nicht so, es ist nichts passiert. Wir haben nur geredet. Aber ich habe seine Anwesenheit sehr genossen und zuletzt hat er mich geküsst."

Meike hustete los. Sie hatte gerade eine Schluck genommen und sich nun vor lauter Schreck fürchterlich verschluckt. Francis klopfte ihr wie wild auf den Rücken.

„Schon gut ... es geht ja wieder."

Francis vergewisserte sich kurz, ob es Meike auch wirklich wieder gut ging, und drehte sich dann empört zu Susi um. „Sag, spinnst du? Du hast einen Mann, der dich abgöttisch liebt, und du hast eine Tochter. Du hast Verantwortung. Du kannst doch nicht mit einem Wildfremden einfach mal so rumknutschen."

Susi bereute es in diesem Moment, überhaupt damit angefangen zu haben. „Ich habe nicht wild rumgeknutscht. Er hat mir einen freundschaftlichen Kuss gegeben, zumindest hoffe ich, dass er es genauso wie ich sieht. Und Torben ist kein Wildfremder. Wir sind Freunde."

„Ja sicher. Einfach nur Freunde. Susi, er ist ein Mann! Vermutlich ein gestresster Ehemann auf der Suche nach einem Abenteuer, und du rufst gleich hier?"

„Mann, Francis. Du selber weißt, wie sehr es gekriselt hat bei Peter und mir. Ich war mir einfach nicht mehr sicher, ob ich dieses Familiending noch will. Aber der Abstand, unsere Flucht, oder meinetwegen auch unser Streik, hat mir die Augen geöffnet. Ich will dieses Familiending. Ich will es schaffen, genauso wie ihr. Ich will mit Peter bis an mein Lebensende glücklich werden. Und vielleicht habe ich diesen Kuss von Torben gebraucht, um mir die richtigen Fragen zu stellen, um dann die richtigen Antworten zu finden."

„Okay." Francis war baff. Das hatte sie jetzt nicht erwartet. Sie kannte ihre Freundin schon ihr ganzes Leben und dieses Statement kam jetzt doch sehr überraschend. Meike saß wie erstarrt und hustete immer noch ab und zu leise vor sich hin und Frederike konnte einfach nur staunend zuhören, was ihre ehemalige Schulfreundin so über sich preisgab. Dieser Abend entwickelte sich ja zu einer richtigen Offenbarungsrunde! Ob der Rotwein wohl seinen Teil dazu beitrug?

„Und was genau heißt das jetzt? Du triffst dich doch hoffentlich nicht noch mal mit diesem Mann?" Meike hatte ihre Stimme wieder.

„Mädels, ich glaube, ich bin bereit zu heiraten!"

Schweigen.

„Was? Mehr habt ihr dazu nicht zu sagen? Ich möchte Peter heiraten. Ich liebe ihn und ich liebe unsere Tochter und ich werde für nichts und niemanden meine kleine heilige Familie gefährden."

Unglaublich, diese Frau, dachte Francis. *Ich wusste, eines Tages findet sie ihren Deckel*, dachte Meike und: *Na, das wird bestimmt eine tolle Party*, dachte Frederike.

„Aber das schreit jetzt nach Schampus. Bin gleich wieder da."

Wenige Minuten später stand Frederike mit einer Flasche Champagner und vier Gläsern parat. Die Stimmung war angeheitert und unbeschwert.

„Ich freu mich so, dass ihr hier seid. Ich hoffe, ihr macht bald alle Urlaub hier und ich lerne eure Familien kennen. Mein Hans freut sich sicher auch. Er liebt Kinder und ein volles Haus. Leider können wir selber keine Kinder kriegen. Es liegt an mir, ich hatte schon vor Jahren eine Totaloperation, wie man so schön sagt. Na ja, bald haben wir das Haus voller

Gäste und sicher viele Kinder um uns herum." Frederike lachte wehmütig.

„Das tut mir leid. Warum adoptiert ihr kein Kind?" Meike tat Frederike wirklich leid. Ein Leben ohne Kinder stellte sie sich schrecklich vor.

„Das haben wir bereits in Erwägung gezogen, aber es ist nicht so einfach und ein langer Prozess. Ich sag nur: Deutsche Bürokratie. Aber Mädels, ich habe meine Tiere, meinen Mann und so tolle Freundinnen, ich bin glücklich und zufrieden, so wie es ist. Wirklich."

Meike gab sich damit zufrieden.

„Und wisst ihr was? Ich habe eine neue Buchidee!" Francis redete bereits leicht beschwipst.

„Schieß los!" Susi war immer neugierig.

„Ich schreibe ein Buch über uns. Über genau das hier. Auf dass unsere Freundschaft ewig hält."

„Jawohl."

„Und noch ein Grund, um anzustoßen!"

An diesem Abend fielen die Damen erst spät ins Bett, sehr spät, aber glücklich und mit sich selbst zufrieden.

12. Kapitel

Die Frauen waren nun schon seit zwei Wochen fort. Es war Samstag am frühen Abend und Peter, Ralf und Marc hatten sich im Hause Jones auf ein Bier verabredet. Peter hatte Rosalie bei seiner Schwester abgegeben und Ralf hatte ja immer noch Helga im Haus.

„Wer ist eigentlich diese Frederike?", fragte Marc in die traurige Runde.

„Keine Ahnung", seufzte Peter leise. „Ich schwöre euch, ich halte das nicht noch zwei Wochen aus. Rosalie schafft mich. Sie wollte gestern unbedingt diesen lilanen Pullover anziehen, aber ich hatte ihn doch gerade erst gewaschen und er war einfach noch nicht trocken. Aus irgendeinem Grund hat die Waschmaschine nicht geschleudert. Jedenfalls dachte ich, ich könnte ihn ja in der Mikrowelle kurz trocknen …"

Marc unterbrach ihn: „Du hast doch nicht …"

Peter kniff die Augen zusammen. „Doch, ich habe."

Ralf sah ihn mit großen Augen an: „Und?"

„Na ja, er ging sofort in Flammen auf. Rosalie hat geschrien wie am Spieß und ich war völlig überfordert. Ich hab die Mikrowelle geschnappt und in die Spüle geschmissen. Was hätte ich denn machen sollen? Der Pulli ist jedenfalls im Eimer und Rosalie hat sich überhaupt nicht mehr eingekriegt. Gestern hat Frau Biedermann von nebenan mit mitleidigen Augen gefragt, ob alles in Ordnung sei. Mann, war mir das peinlich."

„Mensch Peter, die Mikrowelle, ist das dein Ernst?"

„Ja, ja, jetzt weiß ich es. Ich hab schon eine neue gekauft. Nur den Pulli gab's nicht mehr. Ausverkauft. Sie hat zwei Stunden mit mir gebockt."

„Bring doch die Sachen in den Waschsalon, die haben auch einen Trockner. Ich steh auch mit dieser blöden Waschmaschine auf Kriegsfuß. Harry hat jetzt nur noch rosa Socken und Janes Unterwäsche ist blau. Und mein Anzug ist mir mindestens drei Nummern zu klein. Die Kinder haben einen Aufstand gemacht! Wir haben erst mal im Internet jede Menge neue Klamotten bestellt und Jane hatte dann die Idee mit dem Waschsalon. Das ist gut. Einfach die Wäsche morgens abgeben und abends frisch gewaschen abholen. Das funktioniert hervorragend."

Ralf lauschte still seinen beiden Leidensgenossen. Seine Mutter hatte sich in dieser Woche bereits die erste Wohnung angesehen.
Natürlich war diese nicht gut genug. Ohne ein
Fenster im Bad würde sie in keine Wohnung
ziehen. Erst war er etwas genervt gewesen
über das Genörgel. Nichts war richtig. Das
Schlafzimmer zu klein, das Wohnzimmer zu
groß und der Ausblick aus dem Küchenfens-
ter nicht grün genug. Aber wenn er jetzt den
beiden so zuhörte, war er auch ein bisschen
froh. Zumindest musste er sich keine Sorgen
um die Wäsche machen.

Still nippten die Männer an ihrem Bier. Die
Stimmung war gedrückt. Ihre Frauen waren
ja schon hin und wieder mal allein unterwegs
gewesen, mal ein Wellnesswochenende hier,
mal ein Frauenabend da. Aber zwei Wochen
waren schon eine verdammt lange Zeit. Und
wann sie wieder zurückkommen würden,
wussten sie nicht. Alle drei hatten sie vor zwei
Tagen eine Nachricht von einer Frederike er-
halten, dass ihre Frauen jetzt streiken würden und ab sofort nicht mehr für sie erreichbar seien. Für Notfälle hatte sie ihre Nummer
hinterlassen. Es war wirklich frustrierend.

Plötzlich hörten sie einen lauten Schrei.
„Dad, Dad! Iiiiiii!" Harry schrie sich die Seele
aus dem Leib.

Sofort sprangen alle drei Männer auf und rannten in die Küche. Es stank fürchterlich und überall war dicker Qualm. „Das Fenster, mach das Fenster auf", rief Peter.

Erinnerungen an den Weihnachtsabend wurden wach. Mitten auf dem Küchentisch stand die pinke Thermoskanne auf dem Stövchen, in dem eine Kerze brannte. Der Plastikmantel der Kanne war bereits zur Hälfte weggeschmolzen.

„Was um Himmels Willen hast du gemacht?", schrie Marc seinen Sohn an.

„Ich? Ich habe gar nichts gemacht!", schrie dieser zurück.

„Das war ich", klang es etwas kleinlaut von der Tür. „Ich wollte Tee kochen. Mom macht das doch auch immer so, damit der Tee warm bleibt."

Marc schüttelte den Kopf. „Aber doch nicht mit der Thermoskanne. Deine Mutter nimmt immer die Glaskanne. In einer Thermoskanne bleibt doch der Tee von alleine warm."

„Also die Kanne ist hin", stellte Ralf fest. Jane fing an zu weinen.

„Heulsuse", hänselte Harry.

„Geh in dein Zimmer, Harry! Das kann ja mal passieren. Ist nicht so schlimm, wir kaufen eine neue Kanne." Marc hatte seine Fassung wieder und nahm seine Tochter in den Arm.

„Aber die Kanne hatte ich Momi erst geschenkt. Sie wird sicher traurig sein."

„Sie wird es nicht merken. Wir werden genauso eine noch mal kaufen."

Dankbar schaute Jane ihren Vater mit verweinten Kulleraugen an. „Daddy, spielst du nachher noch was mit uns? Mom macht mit uns einmal in der Woche Spieleabend und jeder darf mal aussuchen, was gespielt wird."

Also darauf hatte Marc nach dieser anstrengenden Woche überhaupt keine Lust. Er wollte vielmehr das Fußballspiel der Nationalelf nachher schauen.

„Och, Peter und Ralf sind doch noch da. Vielleicht morgen."

„Aber Daddy, biiiittteee."

Sie sah so hinreißend aus mit ihren großen braunen Kulleraugen, die noch immer etwas glasig und verquollen waren. Er konnte ihr einfach keine Bitte abschlagen. „Also gut. Lass mich mit den Jungs noch ein Stündchen zusammensitzen und wenn sie dann weg sind, spielen wir was. Aber ich möchte bitte Karten spielen."

Ein freudiges Lächeln erstrahlte. „Au fein. Ich sag gleich Harry Bescheid. Dann spielen wir Skat."

Skat? Seit wann konnten seine Kinder denn Skat spielen? Er wunderte sich.

Später saßen sie zu dritt am Esstisch und spielten tatsächlich Skat. Jane war ein richtiges Ass. Sie spielte ihren Vater an die Wand. Es war unglaublich. „Und ihr macht das einmal die Woche mit Mom?"

„Na klar", murmelte Harry, den Mund voll Chips.

Es machte so viel Spaß, dass sie bis fast um elf spielten. So einen schönen Abend hatte er schon lange nicht mehr mit seinen Kindern verbracht.

Marc lag in seinem Bett und blickte auf die leere Seite neben sich. Sie fehlte ihm. Sie hatte in allem recht. Er verpasste so viel, weil er nur im Verlag war. Dabei hatte er so ein tolles Team, unglaubliche Mitarbeiter. Sie alle hatten an einem Strang gezogen, als es dem Verlag schlecht ging. Ja, sogar auf Lohn hatten sie verzichtet. Er sollte wirklich mehr Verantwortung abgeben und mehr Zeit zu Hause verbringen. Es war ein so schöner Abend gewesen. Nur Francis hatte gefehlt. Er liebte seine Frau, das tat er wirklich. Und ihm wurde bewusst, was sie alles zu Hause organisierte und erlebte. Er hatte das Gefühl, unendlich viel verpasst zu haben. *Ich will wieder Teil dieser Familie sein!* Mit diesem Gedanken, seinen Kopf auf das Kissen seiner Frau gebettet, um wenigstens ihren Duft einatmen zu können, schlief er ein.

Als Peter nach Hause kam, lag Rosalie bereits im Bett und seine Schwester Anna las ihr eine Gutenachtgeschichte vor. Er ging in die Küche und sah die leere Eisbox, die offene Gummitierchentüte und die angegessene Schokoladentafel. Susi wollte nicht, dass Rosi abends noch Süßigkeiten aß, und er fand, dass sie damit recht hatte.

Anna schloss leise die Tür des Kinderzimmers und kam zu ihm in die Küche. „Na, Brüderchen, hattest du einen schönen Abend? Wie geht es deinen Leidensgenossen?" Ja, so war sie, immer gut gelaunt und fröhlich. Eine attraktive Frau in den besten Jahren, wie man so schön sagt. Sie war groß, schlank und hatte eine tolle blonde Lockenmähne. Der Traum vieler Männer, nur gehörte ihr Herz einer Frau. Sie hatten es nicht leicht gehabt. Ihre Eltern waren früh bei einem Autounfall ums Leben gekommen und so hatten sie nur noch sich. Und Anna, damals gerade mal achtzehn, war allein mit einem vierzehnjährigen Buben, dessen Pubertät gerade anfing. Aber sie hatten es geschafft. Sie hatten immer zusammengehalten und alle Schwierigkeiten gemeistert. Ein sehr eng befreundetes Ehepaar ihrer Eltern hatte ihnen ein neues Heim gegeben und sie liebevoll unterstützt. Ohne Gerda und Emil hätten sie es vielleicht nie so weit gebracht. Die beiden lebten mittlerweile in einem Altersheim für Demenzkranke. Auch wenn die Krankheit bei Emil sehr weit fortgeschritten war, besuchten sie die beiden dennoch, so oft es möglich war. Sie hatten ihnen viel zu verdanken.

Er beobachtete Anna beim Aufräumen. „Ja, es war ganz schön, die beiden zu sehen. Sie meistern das schon. Helga schaut sich bereits Wohnungen an und Marc kann super Brände löschen." Er lachte leise, als er an die angeschmorte Teekanne dachte.

„Was ist passiert? Hoffentlich nicht wieder das Wohnzimmer?" Anna blickte erschrocken hoch.

Beruhigend erzählte Peter ihr, was passiert war. Sie lachten beide.

„Na das kann ja mal passieren." Sie hatte die Küche fertig aufgeräumt und schenkte zwei Gläser Wein ein.

„Anna, ich muss mit dir reden." Peter wusste, dass es schwierig sein würde, Anna zu kritisieren. Sie war die große Schwester und hatte eigentlich immer recht.

„Was bedrückt dich?"

Er nippte etwas unruhig an seinem Glas. „Du weißt doch, dass Susi es nicht möchte, dass Rosi abends noch Süßigkeiten isst."

„Ach komm schon. Sie ist ein Kind. Und sie hat brav ihr Abendbrot gegessen und ich hatte es ihr versprochen. Außerdem ist Susi nicht da. Immer meckert sie rum."

Er mochte es nicht, wenn die beiden sich stritten. Er liebte seine Schwester und er liebte Susi. „Sie hat aber recht, Anna. Ich möchte es auch nicht und es wäre einfach schön, wenn du uns bei der Erziehung unterstützen würdest und nicht gegen uns arbeitest."

Seine Worte waren klar und sachlich. Er hatte seinen ganzen Kleiner-Bruder-Mut zusammengenommen, um diese Worte zu sagen. Nachdenklich blickte sie ihn an.

„Aber du weißt doch, dass Maria und ich keine Kinder kriegen können. Rosi ist unser Ein und Alles. Lass mich sie doch verwöhnen. Was ist so falsch daran?"

„Nichts. Natürlich darfst du sie verwöhnen, aber an grundlegenden Erziehungsregeln solltest du festhalten. Du kannst doch mit ihr nachmittags ein Eis essen gehen, oder meinetwegen nach dem Mittagessen ein Stück Schokolade verteilen, aber bitte nicht mehr nach dem Abendbrot. Und bitte sprich mit uns größere Geschenke ab. Du möchtest doch auch nicht, dass sie irgendwann zu einer eingebildeten, hochnäsigen Tussi mutiert. Anna, erinnere dich, in der Schule haben wir diese Sorte Mädchen gehasst. Und in den letzten Wochen ist mir aufgefallen, dass meine Tochter, deine Rosi, sich genau dazu entwickelt."

Gedankenversunken starrte sie in ihr Glas und lies sich die Worte noch einmal durch den Kopf gehen.

„Vielleicht hast du recht."

Er nahm sie in den Arm. „Du und Maria seid die besten Tanten, die sich dieses Kind nur wünschen kann. Susi und ich wissen das! Sollte uns je etwas zustoßen, bist du da, um unser Kind großzuziehen. Und alles, worum ich dich bitte, ist, lass uns dieses Kind zu einem verantwortungsbewussten Menschen heranziehen, der fleißig und hilfsbereit ist und die wahren Werte im Leben erkennt und sich nicht von materiellen Dingen leiten lässt."

„Du bist so erwachsen, kleiner Bruder." Sie lächelte ihn an und erwiderte seine Umarmung.

Peter war unendlich erleichtert. Er konnte sich nicht vorstellen, Streit mit seiner Schwester zu haben. Er war ein harmonieliebend Mensch, der seine Familie über alles liebte. Und er liebte Susi. Er liebte diese Frau so sehr und wollte sie wieder lachend und glücklich sehen. Er verstand, weshalb sie fort war, und er wusste nun, dass er diesen Abstand gebraucht hatte, um die Dinge mit ihren Augen zu sehen. In ihm war ein fester Entschluss gereift.

Als Ralf zu Hause die Tür öffnen wollte, versperrten irgendwelche Kartons den Eingangsbereich.

„Was ist denn hier los?", murmelte er verärgert.

„Oma, soll die Stehlampe auch in den Flur?" Alexander mühte sich gerade mit Helgas Stehlampe aus den späten fünfziger Jahren. Ralf hatte diese Tütenlampe mit den drei bunten Lampenschirmen schon als Kind furchtbar hässlich gefunden.

„Ja, mein Junge, stell sie zu den anderen Sachen. Sie war ein Geschenk eures Großvaters, die Lampe muss mit."

Ralf sah seinen Sohn an. „Warum räumt ihr denn Omas Sachen alle in den Flur?"

„Na, sie zieht doch um. Marcus ist auch schon da. Er schraubt Omas Schrank auseinander. Nur Björn darf sich die alten Fotos von Oma anschauen und hilft nicht mit. Das ist so gemein."

„Moment mal, wie, Oma zieht um? Sie hat sich doch noch gar nicht für eine Wohnung entschieden!"

„Hallo Neffe. Na endlich kommst du auch mal nach Hause. Morgen wird Umzug gefahren." Else kam mit einer weiteren Kiste in den Flur.

„Was machst du denn hier?"

„Na, ich helfe meiner Schwester beim Umzug."

„Ach so." Etwas verdutzt stieg er über die Kartons und ging in die Küche. Else folgte ihm und goss sich ein Glas Tee ein.

„Möchtest du auch?"

Ralf schüttelte den Kopf. Das ging ihm hier alles irgendwie zu schnell. „Wann hat sie sich denn für eine Wohnung entschieden und für welche?"

„Ach Junge. Ich weiß, wie meine Schwester ist und sein kann, und für meinen Geschmack wohnt sie schon viel zu lange bei euch. Ich kann Meike verstehen, warum sie die Flucht ergriffen hat. Ich habe Montag mit Helga telefoniert und hab mal ein Wörtchen mit ihr gesprochen. Wir waren heute in München Nord und haben dort den Vertrag für ein Zwei-Zimmer-Appartement unterschrieben. Die Seniorenresidenz ist wirklich hübsch gelegen und die Wohnung hat einen schönen Balkon. Es gibt einen Wellness- und Fitnessbereich, einen Friseur, einen Arzt und sogar ein kleines Theater. Helga wird sich dort sehr wohlfühlen und ich werde sie sehr oft besuchen. Vielleicht nehme ich mir dort auch ein Appartement. Dein Vater hat für deine Mutter finanziell gut vorgesorgt. Sie kann sich diesen Luxus leisten." Sie zwinkerte ihm aufmunternd zu.

Ralf saß völlig überfordert vor seiner Tante. Das kam jetzt doch ein bisschen plötzlich. Hatte er nicht vorhin bei Marc noch gedacht, dass er es eigentlich noch gut hatte? Auch wenn Meike Urlaub machte, er musste sich nicht um die Wäsche, die Kinder oder das Essen kümmern. Seine Mutter war ja da. Aber andererseits, wollte er nicht, dass sie endlich wieder auszog und alles wieder wie früher wurde?

„Na, da hab ich mich nicht verhört, mein Sohn ist ja zu Hause." Freudestrahlend betrat

Helga die Küche. Sie wirkte zufrieden, euphorisch. Ralf erkannte seine eigene Mutter nicht mehr.

„Du ziehst also wirklich aus?" Er sah sie verunsichert an.

„Na, das wolltest du doch, Junge. Und ich habe da so eine schöne Wohnung. Ganz weit oben. Ich kann sogar die Fußballarena sehen und bei schönem Wetter auch die Alpen. Es ist toll. Und wer weiß, vielleicht finde ich ja einen netten Mann, der mich ins Theater begleitet."

Ralf fiel fast die Kinnlade auf den Tisch. „Was um Himmels Willen hast du mit meiner Mutter gemacht?"

Helga und Else lachten beiden los. „Ich mach uns jetzt schnell ein paar Brote, zum Kochen war keine Zeit. Morgen früh um sieben geht es los. Dann beginnt für mich ein neuer Lebensabschnitt."

In dieser Nacht schlief Ralf sehr unruhig. Er träumte von Helga in einem Hochzeitskleid neben einem fremden Mann auf dem Weg ins Theater. Schweißgebadet wachte er noch vor dem Wecker auf. Sein erster Gedanke war: *Hoffentlich kommt Meike bald wieder, wie soll ich das denn alleine hier im Haus schaffen.* Er war sich sicher, dass sein Schlafanzug durchtränkt war mit Angstschweiß. Er hatte sich noch nie allein um das Haus und die Kinder kümmern müssen. War Meike fortgefahren, hatte sie vorgekocht. Die Wäsche war liegengeblieben und das Haus war auch sauber gewesen. Meike war noch nie so lange fort gewesen. Noch nie. Und jetzt hatte er seine Mutter gehabt und nun zog sie aus. Und sie zog aus, weil er es so wollte. Ralf war verzweifelt. Aber dann dachte er, wenn Marc und Peter das schafften, warum nicht auch er? Was hatte Marc gesagt, die Wäsche könne man in einen Waschsalon bringen und Essen konnte er bestellen. *Ach, komm schon, Ralf, Kopf hoch, so schlimm wird es nicht. Positiv denken!* Seine Mutter erlebte ihren zweiten Frühling und genau das wollte er auch mit Meike. Er würde gleich am Montag die eingelagerten Möbel bringen lassen und Marcus bitten, noch ein paar Tage zu Hause zu bleiben. Dann würden sie alles wieder so einräumen, wie es vorher gewesen war, und er würde Meike beweisen, wie viel sie ihm bedeutete und wie sehr er sie liebte.

„Frühstück ist fertig." Das war der Weckruf seiner Mutter. Zum letzten Mal.

Ralf schwang sich noch etwas verunsichert, aber doch optimistisch aus dem Bett.

13. Kapitel

Nach drei Wochen war es endlich geschafft. Die oberen Räume waren fertig und auch im Erdgeschoss konnte man jetzt Gäste empfangen. Die Küche glänzte, der Aufenthaltsraum war gemütlich eingerichtet. Susi sortierte noch die letzten Bücher ins Regal der Leseecke und Meike legte die letzten Kissen zurecht. Frederike stand zu Tränen gerührt in der Mitte des Raumes und betrachtete das Werk. „Vielen Dank, ihr Lieben. Ich hätte nicht gewusst, wie ich das ohne euch hätte schaffen sollen."

Draußen schien die Frühlingssonne und die ersten Frühjahrsblüher reckten sich ihr entgegen. Es war ein herrlicher Tag.

„Ich habe eine Überraschung für euch."

Meike, Susi und Francis sahen sich fragend an. „Eine Überraschung?"

Frederike lächelte. „Wartet ab. Heute Abend feiern wir ein bisschen."

Frederike ging hinaus. „Ich fahre in die Stadt, ein paar Besorgungen machen."

„Warte, ich komme mit." Susi liebte es, einkaufen zu gehen. Die letzten Wochen hatte sie nichts anderes als den kleinen Bäcker unten im Dorf gesehen.

Meike und Francis genossen den warmen Frühlingstag auf dem Hof.

„Es ist so ruhig hier." Francis saß auf der Bank und hielt ihr Gesicht in die Sonne.

„In ein paar Tagen fahren wir wieder nach Hause. Freust du dich?" Meike blinzelte zu Francis hinüber.

Francis zuckte mit den Schultern. „Irgendwie schon. Ich vermisse schon die Kinder und Marc. Aber ein bisschen graut es mich davor, wie das Haus aussieht nach fast vier Wochen Abwesenheit."

„Hmm, mich graut es auch schon. Vermutlich ist Helga bereits in mein Schlafzimmer eingezogen und kuschelt jeden Abend mit Ralf." Francis blinzelte zu Meike. Dann pusteten sie beide laut los. Der Gedanke, dass Ralf sich an den Busen seiner Mutter kuschelte, war doch zu komisch.

„Frederike hat mit ihrem Schwager Franz telefoniert."

„Und?"

„Ich kann eine Woche zum Probearbeiten kommen und mir alles ansehen."

Francis drückte Meike. „Das sind ja tolle Neuigkeiten. Ich freu mich so für dich. Du wirst diesen Job bekommen und es wird dir sicher gefallen."

Verunsichert schaute Meike sie an. „Ich hab noch nie gearbeitet, Francis. Ich bin unglaublich nervös und aufgeregt. Aber ich freu mich so. Es fühlt sich so richtig und gut an. Ich bin gespannt, was Ralf dazu sagen wird."

„Er wird stolz sein auf seine Frau."

In diesem Moment, ein paar Kilometer weiter, stiegen Frederike und Susi aus dem Auto und lösten einen Parkschein.

„So, meine Liebe. Wie ernst ist es dir mit dem Heiraten?"

Susi lächelte: „Sehr ernst. Ich liebe Peter."

Sie liefen geradewegs in die Fußgängerzone. „Da vorne ist ein kleiner Juwelier. Er entwirft den Schmuck selbst. Wenn es dir wirklich ernst ist, dann gehst du jetzt da rein und suchst die schönsten Eheringe aus, die du je gesehen hast, und machst deinem Peter einen Antrag."

Susi schaute Frederike ganz verdutzt an. „Ist das dein ernst? Ich sollte mit ihm gemeinsam die Ringe aussuchen, meinst du nicht?"

Frederike zog die Augenbrauen hoch. „Du kneifst?"

Susi räusperte sich. „Nein, natürlich nicht.‟

Entschlossen öffnete sie die Ladentür. „Du hast recht. Ich will ihn heiraten, also werde ich ihn fragen.‟

Der Chef war persönlich anwesend und kümmerte sich rührend um Susi. Frederike hatte auf einem der Sessel in der Ecke Platz genommen und beobachtete ihre Freundin bei einer guten Tasse Kaffee. Susi wirkte wie ein verliebter Teenager. Sie strahlte, kicherte und gluckste vor Entzückung. Nach einer Stunde hatte sie wunderschöne Eheringe aus Palladium. Der Ehering für den Mann war schlicht gehalten und an den Seiten angeschliffen. Der Ring für die Frau war ebenfalls schlicht, aber mit drei scheinbar willkürlich verteilten Diamanten besetzt. Für Rosalie kaufte sie ebenfalls einen kleinen silbernen Ring dazu.

„Falls die Ringgröße des künftigen Ehemanns nicht passt, können Sie jederzeit vorbeikommen und sie kostenlos ändern lassen.‟

Sie wusste die Ringgröße von Peter genau, da er seit dem Unfall seiner Eltern den Ehering seines Vaters trug und Anna den Ring ihrer Mutter. Susi hatte den Ring ein paar Mal reinigen lassen.

Glücklich und mit einem etwas flauen Gefühl im Magen verließen sie den Juwelier.

„Du bist nervös?"

Susi nickte. „Sieht man mir das an?"

Frederike lachte. „Du bist dir aber sicher, dass dieser Torben nicht mehr ist als ein Freund?" Frederike wurde ernst.

„Ja das bin ich. Ich hatte viel Zeit zum Nachdenken und ich will meine kleine Familie, ich will Peter. Torben ist ein guter Freund, dessen Gesellschaft ich sehr genossen habe, aber ich möchte wieder mehr Zeit mit meinem Mann verbringen. Ich liebe Peter. Torben mag ich, aber mehr auch nicht."

Frederike hakte sich bei Susi ein. „Gut, dann lass uns jetzt in den Supermarkt fahren und einkaufen, damit wir heute Abend was Leckeres auf den Tisch bringen können."

Schwer beladen fuhren die beiden zwei Stunden später auf den Hof. Meike und Francis hatten bereits die Holzmöbel abgestaubt und Sitzkissen verteilt. Dazu stand frischer Kaffee auf dem Tisch und ein noch etwas warmer Apfelkuchen, den Meike schnell gebacken hatte. „Ihr kommt genau richtig. Der Tisch ist gedeckt. Wir dachten, wir wagen es und essen draußen. Die Sonne ist so herrlich."

Schnell luden sie gemeinsam das Auto aus und schafften die Einkäufe ins Haus. Ein wenig später saßen sie in der Sonne und tranken Kaffee. „Nun erzähl schon, Frederike, was gibt es denn zu feiern und was ist unsere Überraschung?" Susi war furchtbar neugierig.

Frederike sah auf die Uhr. In wenigen Minuten mussten sie da sein.

„Guckt mal, das ist doch euer Auto!" Meike sah zu Francis und dann wieder zur Einfahrt. Francis kaute noch an ihrem zweiten Stück Kuchen. Sie blickte hoch und sah tatsächlich Marcs großen Kombi vorfahren.

„Das gibt es doch nicht! Das ist wirklich unser Auto."

„Er bringt sicher die Wäsche vorbei", lachte Susi.

„Lach nicht so laut! Sieh mal, dahinter fährt doch Peter und … ach nee! Ralf macht das Schlusslicht."

Die drei Freundinnen trauten ihren Augen nicht. Da fuhren ihre Familien, vor denen sie geflohen waren, mal eben auf den Hof.

„Überraschung!" Frederike strahlte. „Ich habe dann mal eure Familien zum Einweihungsurlaub eingeladen."

Weder Meike noch Francis oder Susi brachten einen Ton heraus. Sie saßen auf der

Holzbank in der Sonne und schauten verblüfft dem Geschehen zu.

„Mama, Mami, Mamilein ...“ Jauchzend sprang Rosalie aus dem Auto und rannte zu ihrer Mutter. Susi stellte schnell den Kaffee ab und ging ihr ein paar Schritte entgegen. Es war die schönste, wärmste und liebevollste Umarmung, die sie je bekommen hatte. Vor lauter Freude stiegen ihr die Tränen in die Augen.

Peter kam ebenfalls schnellen Schrittes zu ihnen und umarmte seine beiden Mädels. Auch Björn und Alexander rannten Meike entgegen. Und Harry und Jane machten gleich ein Wettrennen draus, wer als Erstes bei seiner Mutter ankomme. Es gab ein herzliches Wiedersehen.

„Was macht ihr denn alle hier?“ Francis lachte vor Freude.

„Eure Freundin Frederike hat uns eingeladen, ein paar Tage mit euch Urlaub zu machen. Und um ehrlich zu sein hatten wir furchtbar Sehnsucht.“ Marc küsste seine Frau liebevoll die Stirn.

Meikes Blick wanderte suchend hinter Ralf. Er nahm sie in den Arm. „Keine Angst, ich komme ohne Mutter. Marcus ist auch zu Hause geblieben, er hilft ihr beim Auszug.“ Und dann küsste er sie innig.

„Kommst du jetzt wieder nach Hause?"

Überwältigt von dem Moment und dem gerade Gehörten, schloss Meike die Augen und kuschelte sich an die Schulter ihres Mannes.

„So, ihr Lieben. Es gibt noch jede Menge zu tun. Packt eure Sachen aus und dann schaut euch um. Ich bräuchte dann etwas Hilfe in der Küche, um unser Abendessen vorzubereiten." Frederike klatschte in die Hände.

Es war ein wunderbarer Abend. Die Stimmung war fröhlich und ausgelassen. Sie hatten alle viel zu erzählen. An diesem Abend gingen sie alle sehr spät ins Bett und schliefen glücklich und erschöpft ein.

„Guten Morgen."

Wie jeden Morgen der letzten Wochen trafen sich die Freundinnen um sechs zum Kaffee in der Küche.

„Oben schlafen noch alle ganz selig. Danke, Frederike. Das war wirklich eine tolle Überraschung."

Frederike lächelte. „Ich bin froh, dass ihr das so seht. Ein bisschen hatte ich Angst, ihr könntet mir das übel nehmen. Übrigens, heute kommt Hans wieder nach Hause. Er wird noch nicht gleich wieder mitarbeiten können und muss sich noch schonen, aber trotzdem wird es schön sein, ihn wieder zu Hause zu haben."

„Wir bleiben so lange, wie du unsere Hilfe noch brauchst", erklärte Francis ernst.

Meike und Susi nickten zustimmend.

„Ach Francis, ihr habt mir – oder besser gesagt uns – so sehr geholfen! Die Zimmer sind fertig und die Gäste können kommen. Im Stall schaffe ich die Arbeit mit den Jungs allein. Ihr macht jetzt ein paar Tage mit euren Familien Urlaub, den habt ihr euch wirklich verdient."

Meike stellte ihre Kaffeetasse ab und stand auf. „Also ich komme mit in den Stall. Diese Arbeit macht mir Spaß und ist quasi Urlaub für mich. Und sieh mal, was für kräftige Oberarme ich vom Mistschaufeln bekommen habe. Ich habe schon fast kein Winkefett mehr."

Sie hielt den Arm hoch, wie Popeye, der Seemann, und wackelte mit dem Oberarm. Gelächter brach aus.

„Du hast was?", gluckste Susi.

„Was zum Teufel ist Winkefett?", quickte Francis.

„Na, Winkefett. Sagt bloß, ihr kennt das nicht?"

„Nee du, noch nie gehört", lachte Frederike.

„Oh, was gibt es denn so Lustiges?" Ralf, Marc und Peter standen in Boxershorts und T-Shirts in der Küche.

„Deine Frau hat Winkefett am Arm", kicherte Susi mit Tränen in den Augen.

„Pst bitte, Schatz, sei ein bisschen leiser, lass die Kinder noch etwas schlafen."

„Okay Leute, ich muss in den Stall." Frederike stand auf und räumte die Kaffeetasse in die Spüle.

„Ich komme mit." Meike gab Ralf noch einen Kuss und ging hinaus, um sich die Gummistiefel anzuziehen.

Susi stand ebenfalls auf: „Wenn du möchtest, Schatz, kannst du mit mir ins Dorf joggen und Brötchen holen."

Peter nickte.

„Und wir bereiten das Frühstück vor", zwinkerte Francis Marc zu.

„Und was mache ich?" Ralf stand etwas hilflos in der Tür.

„Zieh dir was an und putz dir die Zähne", schlug Meike scherzend vor.

Ralf erkannte seine Frau gar nicht wieder. Sie blühte so auf. Sie lächelte übers ganze Gesicht. Er wusste nicht mehr, wann er sie das letzte Mal so zufrieden gesehen hatte. Frisch rasiert und angezogen ging er zu ihr in den Stall. Es stank fürchterlich. Meike stand am Ende des Stalls und verteilte das Heu in die Futterkrippen. Gestern Abend hatte sie ihm von dem Job im Wildpark erzählt. Er konnte sich das überhaupt nicht vorstellen. Meike und arbeiten? Und dann auch noch in einem Wildpark! Er hatte nichts gesagt, nur zugehört. Er liebte sie und wollte sie unterstützen, wirklich. Aber jetzt, da seine Mutter wieder ausgezogen war, konnte doch alles wieder so werden wie früher ... Warum wollte sie denn unbedingt arbeiten? Er verdiente doch genug Geld. Ralf beobachtete seine Frau eine Weile. Jede Kuh, an der sie vorbeiging, bekam ein freundliches Wort und eine kleine Streicheleinheit. Meike wirkte unglaublich glücklich. Vielleicht war es wirklich das, was sie brauchte. Eine Aufgabe.

„Na, du. Möchtest du mir helfen?" Sie strahlte ihn an.

„Nein danke. Du kannst das viel besser als ich. Ich wollte dir nur kurz was sagen."

Sie stellte die Gabel an die Seite und ging mit ihm ein Stückchen raus.

„Was gibt es denn?"

Er stellte sich vor sie, nahm ihr rosiges Gesicht in seine Hände und küsste sie leidenschaftlich auf den Mund.

„Ich liebe dich, Meike, und endlich verstehe ich dich. Ich möchte mit dir zusammen sein und gemeinsam alt werden. Und ich verspreche dir hoch und heilig, dass niemals wieder meine Mutter bei uns einziehen wird. Und ich möchte dich etwas fragen."

„Ja?"

Er holte kurz Luft.

„Würdest du mir die Ehre erweisen und mich noch einmal heiraten?"

Er hatte ihren Hochzeitstag nicht vergessen! Heute an ihrem zwanzigsten Hochzeitstag hielt er noch einmal um ihre Hand an. Sie umarmte ihn glücklich.

„Ja, ich will."

Endlich hatte sie ihren Mann und ihre Familie wieder zurück.

Vom Joggen zurück standen Susi und Peter noch einen Moment vor der Tür und genossen die aufgehende Frühlingssonne.

„Mami, Papi, darf ich jetzt in den Stall zu den Kälbchen gehen?" Rosalie stand im Sommerkleidchen in der Tür.

Susi wollte gerade den Mund aufmachen, aber Peter war schneller: „Wenn du in den Stall gehen möchtest, gehst du bitte hoch ins Zimmer und ziehst dir warme Sachen an. Die dunkelblaue Jeans, den warmen Fleecepullover und die Weste drüber. Und vergiss nicht Strümpfe und Mütze."

Rosalie schob die Unterlippe vor. Susi wusste, was jetzt bevorstand: ein Heulanfall und dicke Kulleraugen. Aber ganz ruhig fuhr Peter fort: „Du kannst natürlich auch dein Kleid anbehalten und Tante Francis in der Küche helfen."

Sofort schüttelte Rosalie heftig den Kopf, drehte sich um und rannte die Treppe hinauf in ihr Gästezimmer.

„Was war das denn? Was hast du mit unserer Tochter gemacht?"

Peter lachte. „Mir ist einiges klar geworden und glaube mir, die letzten Wochen waren sehr hart für mich."

„Ach ja?"

„Lass mich ausreden. Ich habe mir überlegt: Rosalie braucht ein Geschwisterchen. Was hältst du davon?"

Susi löste sich aus seiner Umarmung. „Bist du irre? Ich habe gestreikt, weil mir das alles zu viel geworden ist, und jetzt möchtest du noch ein Kind?"

Peter nahm wieder ihre Hand. „Ich meine doch nur, dass es vielleicht nicht verkehrt wäre, die Liebe und Aufmerksamkeit zu teilen. Alles dreht sich nur um Rosalie. Vielleicht würde es ihr gut tun, wenn sie lernt, dass sie nicht der Nabel der Welt ist."

Das waren ja ganz neue Töne. Nicht nur, dass sie ein Kind hatte, das wie ausgewechselt war, – hatte sie jetzt auch einen anderen Mann?

„Vielleicht ist es Zeit für den nächsten Schritt?" Er schaute sie fragend an.

Sie überlegte kurz. „Eigentlich wollte ich dich fragen, ob du mich heiratest, und jetzt willst du mit mir noch ein Kind? Du weißt doch, dass ich nicht die geborene Hausfrau und Mutter bin. Ich brauche meinen Job, meine Freiheit, mein Leben …"

„Du wolltest mich fragen, ob ich dich heirate?" Peter hatte den Rest gar nicht mehr gehört. Susi hatte es so beiläufig gesagt, als würde sie übers Wetter berichten.

Jetzt wurde sie verlegen. „Na ja, eigentlich schon."

Er zog sie so fest an sich heran, dass sie kaum Luft bekam.

„Dann heirate mich, schöne Frau. Über ein zweites Kind können wir später nachdenken. Wenn du nicht möchtest, dann nicht, aber versprich mir darüber nachzudenken. Ich werde mich auch künftig viel mehr einbringen."

„Hmm, lass uns heiraten. Ich liebe dich, Peter Siemers."

„Und ich liebe dich, künftige Frau Siemers."

„Fertig! Darf ich jetzt in den Stall?" Mit den gefütterten knallroten Gummistiefeln stand Rosalie in der Tür. Die Mütze hing noch etwas schief, aber sonst war sie den Anweisungen ihres Vaters gefolgt.

„Na los, dann schau mal, wo Tante Meike steckt, aber ich bin mir sicher, gleich gibt es Frühstück."

Rosalie sprang wie ein junges Pferd über den Hof. „Juhu! Ich komme dann zum Frühstück."

Sie sahen ihrer Tochter nach.

„Sie ist schon so groß geworden."

„Hmm."

Einige Zeit später hatten sie alle gemeinsam im neuen Gästeraum gefrühstückt. Susi und Peter übernahmen das Abräumen. Frederike ging mit Jane und Rosalie zu den Pferden, sie hatte ihnen einen Ausritt versprochen. Die Jungs waren zum Traktorfahren verabredet. Ralf ließ sich von seiner Frau den Hof zeigen und lauschte ihren begeisterten Erklärungen. Francis und Marc nutzten die schon wärmende Frühlingssonne für einen Spaziergang. Schweigend liefen sie Hand in Hand nebeneinanderher. *Es ist schön, dass wir so schweigend nebeneinanderher laufen können. Immer hab ich das Gefühl, mein Kopf zerplatzt und ich muss reden und schreiben, aber bei ihm kann ich einfach mal still sein.*

So liefen sie eine ganze Weile schweigend vor sich hin.

„Guck mal, Schatz, ein Hochsitz. Wollen wir?" Marc brach als Erster die Stille.

Francis nickte. Sie kletterten gemeinsam auf den Hochsitz und hatten einen unglaublichen Blick über die Lichtung. „Ich habe von Frederike ein Fernglas bekommen. Hier, schau mal, ich glaube, da hinten stehen Rehe."

Er zog sie ein bisschen an sich ran und hielt ihr das Fernglas vor die Augen. Tatsächlich. Am Ende der Lichtung grasten ein paar Rehe. Es war so unendlich friedlich hier draußen, fernab der hektischen Großstadt. Francis hatte sogar ein bisschen Farbe bekommen.

„Wenn wir wieder zu Hause sind, was erwartet mich?" Sie wollte irgendwie das Gespräch auf die letzten Wochen lenken. Er war so sauer auf sie gewesen! Würde er ihr das jetzt ewig vorhalten? Francis war verunsichert. Er hatte ihre Mutter angerufen und Marc war kein Mann, der sich einfach mal so

änderte oder schnell nachgab. Er war liebevoll, charmant und verantwortungsbewusst,
aber er war auch Verleger und Geschäfts-
mann. Er musste auch hartnäckig, zielstrebig
und konsequent sein. Ihm fehlte manchmal
die Kompromissbereitschaft, was sie auch öfter zu Hause spürte.

„Anfangs war ich wirklich sauer auf dich.
Du hast mich einfach ins kalte Wasser geschmissen. Ich meine, sonst, wenn du zur
Buchmesse fährst oder ein paar Tage Well-
ness machst, kam wenigstens deine Mutter
und hat sich um die Kinder gekümmert, aber
so ganz allein mit den Kids? Das war eine
Herausforderung. Und ich vermute, du wirst
über die eine oder andere Entscheidung, die
ich getroffenen habe, nicht glücklich sein,
aber wir, die Kinder und ich, haben die Herausforderung angenommen und gemeistert.
Und jetzt sage ich dir danke dafür. Ich habe
wirklich viel Zeit mit ihnen verbracht und hey,
ich wusste gar nicht, wie gut sie Skat spielen
können."

„Mit welcher Entscheidung werde ich nicht
glücklich sein?" Sie hatte ein ganz ungutes
Gefühl.

„Ich habe Jane mein altes Handy überlassen."

Er hatte recht, das war gegen ihre Prinzipien. Jane war noch viel zu klein.

„Du brauchst dich gar nicht aufregen. Ich hab's gemacht. Wir mussten kommunizieren und uns abstimmen, ich hielt es für notwendig. Wir haben Zeiten vereinbart und ein paar Regeln aufgestellt. Es klappt ganz gut."

Sie schwieg und schaute erneut durch das Fernglas.

„Und ich habe den Verlag von Rüdiger Winter."

Also noch mehr Arbeit! Es würde sich nichts ändern, wenn sie wieder zu Hause waren, außer, dass ihre Tochter nun auch ein Handy besaß und vermutlich nur noch davorsitzen würde.

„Ich möchte, dass du die Selfpublishing-Sparte übernimmst und die Cheflektorin des neuen Verlags wirst."

Sie hielt kurz den Atem an.

„Ich?"

„Warum denn nicht. Du genießt mein grenzenloses Vertrauen und du bist die intelligenteste und klügste Frau, die ich kenne. Und ich weiß ganz genau, dass das dein Ding ist. Du suchst aus, du entscheidest. Du stellst dir dein Team zusammen."

Sie schaute ihn mit großen Augen an. „Aber Marc, dann sitzen wir beide nur noch im Verlag – und was wird aus unserer Familie? Du bist so wenig zu Hause, die Kinder wachsen ja fast ohne dich auf. Ich bin gegangen, damit du Zeit mit ihnen verbringst. Es dauert nur noch ein paar Jahre, dann gehen sie ihre eigenen Wege. Ich will noch ein bisschen Teil ihres Lebens sein und mich nicht in der Arbeit vergraben so wie du."

Das überraschte ihn jetzt. Er dachte, sie bräuchte eine neue berufliche Herausforderung.

„Aber ich dachte … also die Kinder und ich haben so ein bisschen was umorganisiert und ich habe im Verlag ebenfalls einige Veränderungen vorgenommen. Ich möchte auch mehr Zeit mit den Kids und mit dir verbringen, deshalb habe ich einfach ein paar Aufgaben im Verlag delegiert und etwas Verantwortung abgegeben. Rüdigers Verlag läuft und wir bekommen tolle langjährige Mitarbeiter dazu. Rüdiger hatte sich in den letzten Jahren immer mehr zurückgezogen. Bitte überlege es dir. Lass uns auch mit den Kids darüber reden. Sie sind so selbständig. Du musst sie nicht mehr zum Training und zu den Ballettstunden fahren. Das kriegen die beiden prima allein organisiert. Harry ist fast vierzehn und Jane … du glaubst gar nicht, wie groß unsere Kleine schon ist. Sag nicht gleich nein. Lass uns zu Hause sehen, wie es läuft, und es wird dich kein Chaos erwarten. Es ist wirklich – zugegeben nach anfänglichen Schwierigkeiten – gut gelaufen."

Tja, vielleicht hat er recht. Vielleicht auch nicht. Vielleicht musste sie wirklich ihren Kindern mehr Verantwortung übertragen. Ach sie wollte ihre Familie zusammenhalten. Wo war sie hin, die Zeit, in der sie den Kindern Gutenachtgeschichten erzählt hatte? Die kleine Hexe Manga. Wie hatten die Kinder ihre Geschichten geliebt. Die kleine Jane mit ihrem Schürzchen und dem Kochlöffel in der Küche, freudestrahlend den Teig in der Schüssel rührend. Und Harry auf seinem Roller durch den Garten sausend und in der Sandkiste Türme bauend. *Vielleicht hat Marc ja wirklich recht.*

„Aber ich bin doch so ein Familienmensch. Wenn ich beruflich mehr eingebunden bin, kriege ich doch gar nicht mehr mit, wie die Kinder aufwachsen."

„Schatz, das ist alles eine Frage der Organisation. Wir müssen einfach unser Familienleben neu ausrichten. Ausflüge in den Kletterwald, ins Wellness-Spaßbad, mal zu einem Basketballspiel, mal zu einer Ballettaufführung und ein fester Spieleabend. Wir könnten ihnen Doppelkopf beibringen. Das habe ich während des Studiums immer gespielt. Wir können so viel Zeit mit unseren Kids verbringen und das will ich auch. Du wirst es mir nicht glauben, aber ich habe die Zeit mit den Kindern echt genossen und ich will sie nicht mehr missen. Du hättest ruhig schon mal früher streiken sollen."

Jetzt machte er sich aber wirklich über sie lustig! Waren es nur Worte oder meinte er es wirklich ernst? Sie gab ihm das Fernglas zurück und drückte ihm einen Kuss auf die Wange.

„Okay, wir schauen mal, wie es läuft. Vielleicht hast du ja recht, und wenn es nicht klappt, dann streike ich eben wieder."

„Untersteh dich."

Lachend stiegen sie vom Hochsitz und schlenderten zurück zum Pfefferhof.

Die kommenden Tage waren sonnig und warm. Der Hof erblühte. Hans war angenehm überrascht über die Leistung der Damen. Frederike führte ihn durch die Zimmer, die Gästeküche und den Ess- und Wohnbereich für die Gäste mit der Kaminecke. Hans war begeistert. Ein paar Tage sollte er sich noch schonen und dann konnte er langsam wieder anfangen zu arbeiten. Es herrschte so viel Leben auf dem Hof.

Die Kinder fühlten sich genau wie die Männer sehr wohl. Natürlich versuchte Rosalie
mit großen Kulleraugen Peter zum Kauf eines
eigenen Pferdes zu überreden und da Peter
aus irgendeinem Grund anhaltend konsequent bei einem Nein blieb, umgarnte Rosalie
zu Susis großem Erstaunen nun ihre Mutter.
Und obwohl auch Susi niemals ein Pferd kaufen würde, genoss sie die Zärtlichkeiten und
die Aufmerksamkeit ihres Kindes. Es tat so
gut, dass Peter und sie gemeinsam konsequent blieben.

Die Jungs spielten auf der Wiese den halben Tag Fußball oder fuhren auf dem Traktor
mit den Männern durch die Gegend. Jane
hatte einen neuen Berufswunsch. Sie war
wild entschlossen Tierärztin zu werden und
nachdem Frederike ihr anbot, die Ferien auf
dem Hof zu verbringen, strahlte das Kind nur
noch vor sich hin. Es waren entspannte und
ruhige Tage, die sich langsam dem Ende
neigten.

Der Tag der Abreise und des Abschieds
war unausweichlich. Man konnte nicht ewig
dem Alltag entfliehen und Frederike und Hans
brauchten die Zimmer für ihre Gäste. Francis
hatte in ihrem Blog ein bisschen Werbung gemacht und so war die erste Woche bereits voll
ausgebucht.

„Wisst ihr, Mädels, ich bin so froh, Freundinnen wie euch zu haben. Und ihr seid jederzeit willkommen, mit oder ohne Familie."

Francis lachte. „Vielen Dank für alles."

„Ja, vielen Dank für alles", stimmten Meike und Susi zu.

„Ach was, ich hab zu danken."

„Nein, glaub mir, nicht nur unsere Leben waren krisengebeutelt, auch unsere Freundschaft hatte einiges auszustehen. Diese Zeit hier bei dir auf dem Hof hat uns gerettet." Francis umarmte Frederike dankend.

Frederike winkte ihnen noch eine Weile nach. Dann setzte sie sich zu Hans auf die Bank und schmiegte sich an ihn. Sie hatte ihn sehr vermisst und die letzten Wochen hatten doch sehr geschlaucht.

„Weißt du was? Die Mädels haben mich auf eine Idee gebracht. Wir sollten unser Angebot erweitern."

„Erweitern?"

„Ja, erweitern. Wir bieten eine Auszeitwoche für streikwillige Ehefrauen und Mütter an. Die Arbeit hier auf dem Hof hat den dreien wirklich gutgetan. Sie hatten Zeit abzuschalten und sich selbst zu hinterfragen. Ich meine, es gibt Wellnessangebote, Fasten im Kloster und Romantikwochenenden, aber so ein

Streikurlaub auf dem Bauernhof? Das wäre doch mal was."

Hans beäugte seine Frau etwas skeptisch von der Seite. „Und ganz nebenbei wird unser Hof von frustrierten Weibern bewirtschaftet, was? Da wird doch die Milch sauer."

„Spinner. Nein, ich meine es ernst. Ich will außerdem die Schafskäseproduktion ausbauen, Käse, Jogurt, Eis. Wir können unser Sortiment noch erweitern. Und wir können Workshops anbieten. Wie stellt man all diese Produkte her. Für jeden wird etwas dabei sein. Sieh dir Meike an, wie sie in der Stallarbeit aufgegangen ist. Sie sind alle drei frustriert und unzufrieden mit sich und ihrer Umwelt hier angereist – und hast du die zufriedenen Gesichter bei der Abreise gesehen?"

Hans drückte seine Frau noch ein bisschen mehr an sich. „Und ganz nebenbei hat meine Frau auch Zukunftspläne entwickelt und ist zu einer Hofmanagerin herangereift. Aus der Großstadtpflanze ist eine Großbäuerin geworden. Was hab ich nur für ein Glück mit dir."

Frederike schloss die Augen. Ja, da hatte Hans recht. Auch sie war etwas reifer geworden in den letzten Wochen und sie drückte ihren wiedergewonnenen Freundinnen die Daumen, dass der neue Optimismus und die

Zufriedenheit noch lange anhalten und nicht sofort vom Alltag wieder erdrückt würden.

Und warum nicht einfach mal alles stehen und liegen lassen? Einfach mal Sachen packen und raus! Weg vom Ehealltag, weg von den anstrengenden Kindern und weg von nervigen Arbeitskollegen. Auch Ehefrauen und Mütter haben das Recht zu streiken!

Ende

Bisher erschienen von Susanna Herrmann

Aus dem Leben einer Frau

Ist Ihnen eigentlich schon einmal aufgefallen, dass die meisten Liebesromane mit einem Happy End enden?

Bei Francis ist das nicht so sicher. In ihrer Ehe hat sich spätestens seit der Geburt ihrer zwei Kinder der Alltag eingeschlichen – der Mann macht Überstunden, sie fühlt sich vernachlässigt. Sie möchte etwas an ihrem Leben ändern, will wieder berufstätig werden und beschließt einen Roman zu schreiben. Aber ob das für ein Happy End reicht?

ISBN 978-3-7345-2105-8
Verlag: tredition GmbH, Hamburg

**Licht und Dunkelheit –
Die Schattenkönigin**

Etwas Bedrohliches braut sich in der Welt
der jungen Hexe Ella Morgenstern zusammen. Dunkelheit umhüllt das Land. Mysteri-
öse Unfälle, bei denen Menschen spurlos verschwinden, geben der magischen Welt Rätsel
auf. Aber nicht nur die Welt der Hexen und
Magier gerät durcheinander, auch die Vam-
pire, die unter uns leben, machen sich Sorgen. Und inmitten der rätselhaften Ereignisse
erwacht die Liebe zwischen der jungen Hexe
Ella und dem Vampir Robert. Eine Liebe, die
eigentlich nicht sein darf. Oder doch?

ISBN 978-3-7323-7288-1
Verlag: tredition GmbH, Hamburg

FSC
www.fsc.org
MIX
Papier | Fördert
gute Waldnutzung
FSC® C083411

Zeitfracht Medien GmbH
Ferdinand-Jühlke-Straße 7
99095 Erfurt, Deutschland
produktsicherheit@kolibri360.de